어린 왕자 (영한대역)

The Little Prince

어린 왕자 (영한대역)

The Little Prince

앙투안 드 생텍쥐페리 지음 | 다니엘 번역팀 옮김

도서출판 은혜의강

TO LEON WERTH

I ask the indulgence of the children who may read this book for dedicating it to a grown-up. I have a serious reason: he is the best friend I have in the world. I have another reason: this grown-up understands everything, even books about children. I have a third reason: he lives in France where he is hungry and cold. He needs cheering up. If all these reasons are not enough, I will dedicate the book to the child from whom this grown-up grew. All grown-ups were once children - although few of them remember it. And so I correct my dedication:

TO LEON WERTH WHEN HE WAS A LITTLE BOY

레옹 베르트에게

이 책을 한 어른에게 바친 것에 대해서 어린이들에게 용서를 구한다. 그럴 만한 이유가 있는데, 그건 그 어른이 나와 가장 친한 친구이기 때문이다. 또 하나의 이유는 그 친구는 모든 것을, 어린이를 위한 책들까지, 다 이해한다는 것이다. 그리고 세 번째 이유도 있다. 현재 그 친구는 프랑스에서 배고픔과 추위로 고통 받고 있기에 위로가 필요하다. 이런 모든 이유로도 부족하다면, 나는 이 책을 지난 시절 어린이였던 그에게 바치고 싶다. 어른들은 모두 처음에는 어린이였다. (그걸 기억하는 이들이 거의 없지만 말이다.) 그러니 헌사를 이렇게 고치겠다.

어린 소년이었을 적의 레옹 베르트에게

I

Once when I was six years old I saw a magnificent picture in a book, called True Stories from Nature, about the primeval forest. It was a picture of a boa constrictor in the act of swallowing an animal. Here is a copy of the drawing.

In the book it said: "Boa constrictors swallow their prey whole, without chewing it. After that they are not able to move, and they sleep through the six months that they need for digestion."

I pondered deeply, then, over the adventures of the jungle. And after some work with a colored pencil I succeeded in making my first drawing. My Drawing Number One. It looked something like this:

01

여섯 살 적에 《실제로 겪은 이야기들》이라는 원시림에 관한 책에서 기가 막힌 그림을 하나 봤다. 짐승을 한 마리 삼키고 있는 보아뱀을 그린 그림이었다. 그 그림을 여기다 베껴 그려 봤다.

책에 이렇게 적혀 있었다. "보아뱀은 먹이를 씹지 않고 통째로 삼킨다. 그러고선 꼼짝도 못한 채 먹이가 소화될 때까지 여섯 달 동안 죽 잠만 잔다."

그 당시 나는 정글을 모험하는 것에 대해 곰곰이 생각했다. 그리고 색연필로 연습을 조금 한 끝에 나의 첫 작품을 완성했다. 내 그림 1호다. 다음과 같다.

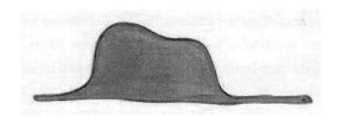

I showed my masterpiece to the grown-ups, and asked them whether the drawing frightened them.

But they answered: "Frighten? Why should any one be frightened by a hat?"

My drawing was not a picture of a hat. It was a picture of a boa constrictor digesting an elephant. But since the grown-ups were not able to understand it, I made another drawing: I drew the inside of a boa constrictor, so that the grown-ups could see it clearly. They always need to have things explained. My Drawing Number Two looked like this:

The grown-ups' response, this time, was to advise me to lay aside my drawings of boa constrictors, whether from the inside or the outside, and devote myself instead to geography, history, arithmetic, and grammar. That is why, at the age of six, I gave up what might have been a magnificent career as a painter.

I had been disheartened by the failure of my Drawing Number One and my Drawing Number Two. Grown-ups never understand anything by themselves, and it is tiresome for children to be always and forever explaining things to them.

나는 내 작품을 어른들에게 보여 주고서, 그림이 무서운지 물어봤다.

어른들은 대답했다. "무섭냐고? 모자가 뭐가 무섭니?"

나는 모자를 그린 게 아니었다. 코끼리를 소화시키고 있는 보아뱀을 그린 것이었다. 하지만 어른들이 그걸 이해하지 못해서 그림을 하나 더 그렸다. 보아뱀의 뱃속을 그렸다. 어른들이 알아볼 수 있게 말이다. 어른들에게는 언제나 설명해 줘야 한다. 내 그림 2호는 이렇다.

이에 대한 어른들의 대답은, 속이 보이건 안 보이건 보아뱀 그림은 그만 두고 그보다 지리나 역사, 산수에 공을 들이는 게 어떻겠느냐는 것이었다. 그래서 나는 참으로 멋있었을 화가라는 직업을 여섯 살에 포기했다.

내 그림 1호와 2호가 실패해 낙심했던 것이다. 어른들은 뭐든 스스로 이해하는 법이 없기 때문에 그들에게 늘 끝없이 설명해 주는 게 아이들은 성가시다.

So then I chose another profession, and learned to pilot airplanes. I have flown a little over all parts of the world; and it is true that geography has been very useful to me. At a glance I can distinguish China from Arizona. If one gets lost in the night, such knowledge is valuable.

In the course of this life I have had a great many encounters with a great many people who have been concerned with matters of consequence. I have lived a great deal among grown-ups. I have seen them intimately, close at hand. And that hasn't much improved my opinion of them.

Whenever I met one of them who seemed to me at all clear-sighted, I tried the experiment of showing him my Drawing Number One, which I have always kept. I would try to find out, so, if this was a person of true understanding. But, whoever it was, he, or she, would always say: "That is a hat."

Then I would never talk to that person about boa constrictors, or primeval forests, or stars. I would bring myself down to his level. I would talk to him about bridge, and golf, and politics, and neckties. And the grown-up would be greatly pleased to have met such a sensible man.

그래서 나는 다른 일을 선택했고, 비행기 조종하는 법을 배웠다. 세계 곳곳을 날아가 봤다. 지리 공부가 매우 도움이 된 것은 사실이다. 나는 한눈에 애리조나와 중국을 구별할 수 있다. 한밤중에 길을 잃는다면 그런 지식은 매우 유용할 것이다.

나는 지금까지 살아오면서 자신이 중요한 일에 관여하고 있다는 아주 많은 사람들과 아주 많이 만났다. 어른들 사이에서 아주 많은 일들을 겪었다. 어른들을 가까이에서 친밀하게 봐 왔다. 그러나 그들에 대한 내 생각이 썩 좋게 변하지는 않았다.

나는 조금이라도 똑똑해 보이는 어른을 만나면 늘 갖고 다니는 내 그림 1호를 보여 주면서 시험해 보곤 했다. 그것으로 진짜 이해력이 있는 사람인지 알아 봤다. 그러나 남자든 여자든 내 그림을 본 사람은 항상 이렇게 대꾸하는 것이었다.

"모자군요."

그러면 나는 그 사람과는 보아뱀이니 원시림이니 별이니 하는 얘기는 아예 꺼내지 않았다. 그 사람의 눈높이에 맞췄다. 다리니 골프니 정치니 넥타이니 하는 얘기를 했다. 그러면 그 어른은 아주 양식 있는 사람을 만났다며 몹시 흐뭇해했다.

II

So I lived my life alone, without anyone that I could really talk to, until I had an accident with my plane in the Desert of Sahara, six years ago. Something was broken in my engine. And as I had with me neither a mechanic nor any passengers, I set myself to attempt the difficult repairs all alone. It was a question of life or death for me: I had scarcely enough drinking water to last a week.

The first night, then, I went to sleep on the sand, a thousand miles from any human habitation. I was more isolated than a shipwrecked sailor on a raft in the middle of the ocean. Thus you can imagine my amazement, at sunrise, when I was awakened by an odd little voice. It said: "If you please--draw me a sheep!"

"What!"

"Draw me a sheep!"

I jumped to my feet, completely thunderstruck. I blinked my eyes hard. I looked carefully all around me. And I saw a most extraordinary small person, who stood there examining me with great seriousness. Here you may see the best portrait that, later, I was able to make of him.

02

그래서 나는 진짜 속내를 터놓고 말할 상대도 없이 외롭게 살아 왔다. 육 년 전 사하라 사막에서 비행기 사고를 당하기 전까지 말이다. 그때 비행기 엔진의 뭔가가 고장 났다. 정비사도 승객도 없었기 때문에 나는 혼자 그 어려운 정비를 해보려고 덤벼들었다. 내게는 그게 사느냐 죽느냐의 문제였던 게, 마실 물이 거의 일주일분밖에 없었던 것이다.

그 첫날밤 나는 사람들이 사는 곳에서 천 마일은 떨어진 모래 위에서 잠이 들었다. 대양 한가운데서 난파당해 뗏목에 의지하고 있는 뱃사람보다 훨씬 더 고립된 신세였다. 그러니 내가 동틀 녘 낯설고 가는 목소리에 잠이 깨서 얼마나 놀랐을지 상상이 갈 것이다. 목소리가 말하는 것이었다.

"괜찮으시다면… 양 한 마리 그려줘!"

"응?"

"양 한 마리 그려줘!"

나는 벼락이라도 맞은 듯 깜짝 놀라 벌떡 일어났다. 힘겹게 눈을 깜박이고는 주위를 유심히 둘러 봤다. 아주 이상하게 생긴 조그마한 아이가, 아주 진지한 얼굴로 날 바라보고 있는 것이었다. 이 그림이 내가 나중에 그린 그 아이의 모습 중에서 가장 잘 그린 것이다.

But my drawing is certainly very much less charming than its model.

That, however, is not my fault. The grown-ups discouraged me in my painter's career when I was six years old, and I never learned to draw anything, except boas from the outside and boas from the inside.

Now I stared at this sudden apparition with my eyes fairly starting out of my head in astonishment. Remember, I had crashed in the desert a thousand miles from any inhabited region. And yet my little man seemed neither to be straying uncertainly among the sands, nor to be fainting from fatigue or hunger or thirst or fear. Nothing about him gave any suggestion of a child lost in the middle of the desert, a thousand miles from any human habitation. When at last I was able to speak, I said to him:

"But--what are you doing here?"

And in answer he repeated, very slowly, as if he were speaking of a matter of great consequence:

"If you please--draw me a sheep…"

When a mystery is too overpowering, one dare not disobey. Absurd as it might seem to me, a thousand miles from any human habitation and in danger of death, I took out of my pocket a sheet of paper and my fountain-pen.

그러나 이 그림도 확실히 실제 모델보다 매력이 **훨씬** 덜하다.

그렇지만 그건 내 잘못이 아니다. 여섯 살 적 화가의 꿈을 어른들 때문에 단념한 후로는, 속이 안 보이는 보아뱀과 보이는 보아뱀 외에, 어떤 것도 그리는 법을 배워본 적이 없으니까.

난데없이 나타난 아이를 나는 너무 놀라 그야말로 눈을 휘둥그레 뜨고 바라봤다. 나는 사람들의 거주 지역에서 천 마일은 떨어진 외진 사막에 추락했다는 사실을 기억하라. 그런데도 이 꼬마는 사막에서 길을 잃어 불안한 기색도, 지치거나 배가 고프거나 목마르거나 무서워서 죽을 것 같은 기색도 없었다. 사람들의 거주지에서 천 마일 떨어진 사막 한가운데서 길을 잃은 아이 같은 구석은 조금도 없었다. 내가 간신히 정신을 차리고 물었다.

"여… 여기서 뭘 하고 있니?"

아이는 대답 대신, 아주 중요한 얘기라도 되는 듯 아주 천천히, 같은 말을 되풀이했다.

"괜찮으시다면… 양 한 마리 그려줘."

사람은 불가사의한 일에 압도당하면 감히 거역할 생각을 못 하는 법이다. 사람이 사는 지역에서 천 마일이나 떨어진 외진 곳 죽음의 위험에 처한 상황에서 터무니없는 일인 것 같기는 했지만, 나는 주머니에서 종이 한 장과 만년필을 꺼냈다.

But then I remembered how my studies had been concentrated on geography, history, arithmetic and grammar, and I told the little chap (a little crossly, too) that I did not know how to draw. He answered me:

"That doesn't matter. Draw me a sheep…"

But I had never drawn a sheep. So I drew for him one of the two pictures I had drawn so often. It was that of the boa constrictor from the outside. And I was astounded to hear the little fellow greet it with:

"No, no, no! I do not want an elephant inside a boa constrictor. A boa constrictor is a very dangerous creature, and an elephant is very cumbersome. Where I live, everything is very small. What I need is a sheep. Draw me a sheep."

So then I made a drawing.

하지만 내가 지리와 역사, 산수, 문법에만 집중했던 사실을 기억하고는, 그림을 그릴 줄 모른다고 꼬마 친구에게 고백했다(약간 뿌루퉁하게). 그가 대꾸했다.

"괜찮아. 양 한 마리 그려줘."

그러나 나는 한 번도 양을 그려본 적이 없었다. 그래서 자주 그렸던 두 그림 중 하나를 그려 보여 줬다. 속이 안 보이는 보아뱀 그림이었다. 그러고는 꼬마 친구가 이렇게 반응하는 소리를 듣고 소스라치게 놀랐다.

"아니, 아니야! 보아뱀 뱃속에 든 코끼리 말고. 보아뱀은 너무 위험한 동물이야. 그리고 코끼리는 너무 크고 무거워. 내가 사는 곳에는 모든 게 아주 작아. 내게 필요한 건 양 한 마리야. 양 한 마리 그려줘."

그래서 나는 양 한 마리를 그렸다.

꼬마는 내 그림을 유심히 보고 나서 말했다.

"아니야. 이 양은 이미 병이 들었어. 다른 양을 그려 줘."

나는 다른 양을 그려 줬다.

He looked at it carefully, then he said:

"No. This sheep is already very sickly. Make me another."

So I made another drawing.

My friend smiled gently and indulgently.

"You see yourself," he said, "that this is not a sheep. This is a ram. It has horns."

So then I did my drawing over once more.

But it was rejected too, just like the others.

"This one is too old. I want a sheep that will live a long time."

By this time my patience was exhausted, because I was in a hurry to start taking my engine apart. So I tossed off this drawing.

And I threw out an explanation with it.

"This is only his box. The sheep you asked for is inside."

I was very surprised to see a light break over the face of my young judge:

꼬마는 내 그림을 유심히 보고 나서 말했다.

"아니야. 이 양은 이미 병이 들었어. 다른 양을 그려 줘."

나는 다른 양을 그려 줬다. 꼬마 친구는 조용히, 천진하게 씨익 웃고는 이렇게 말했다.

"봐봐. 이건 양이 아니잖아. 숫양이야. 뿔 좀 봐."

그래서 나는 또 다시 그렸다.

하지만 이번에도 이전과 마찬가지로 불합격이었다.

"이건 너무 늙었어. 나는 오래 살 수 있는 양을 갖고 싶어."

이즈음에 이르자 나는 인내심에 한계가 왔다. 서둘러 엔진 분해 작업을 시작해야 했기 때문이다. 그래서 이렇게 뚝딱 그려 버렸다. 그러고는 설명했다.

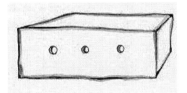

"양 상자야. 네가 원하는 양은 이 안에 있어."

나는 어린 심사관의 얼굴이 환하게 밝아지는 것을 보고 몹시 놀랐다.

"That is exactly the way I wanted it! Do you think that this sheep will have to have a great deal of grass?"

"Why?"

"Because where I live everything is very small…"

"There will surely be enough grass for him," I said. "It is a very small sheep that I have given you."

He bent his head over the drawing.

"Not so small that--Look! He has gone to sleep…"

And that is how I made the acquaintance of the little prince.

III

It took me a long time to learn where he came from. The little prince, who asked me so many questions, never seemed to hear the ones I asked him. It was from words dropped by chance that, little by little, everything was revealed to me.

The first time he saw my airplane, for instance (I shall not draw my airplane; that would be much too complicated for me), he asked me:

"What is that object?"

"That is not an object. It flies. It is an airplane. It is my airplane."

"내가 원하던 게 바로 이거야! 양이 풀을 많이 먹을까요?"

"그건 왜?"

"왜냐하면 내가 사는 곳에는 모든 게 아주 작아서요…."

"이 양이 먹을 풀은 넉넉히 있을 거야. 내가 그려준 건 아주 작은 양이니까."

꼬마는 고개를 숙이고선 그림을 유심히 들여다봤다.

"별로 안 작은데…, 봐봐! 잠이 들었어."

이렇게 해서 나는 어린 왕자와 알게 되었다.

03

나는 한참이 지나서야 어린 왕자가 어디에서 왔는지 알게 되었다. 어린 왕자는 내게 그렇게 많은 것들을 물으면서도 정작 자신은 내가 묻는 말에 조금도 귀 기울이는 것 같지 않았다. 나는 어린 왕자가 어쩌다 조금씩 흘린 말들을 통해서 차츰차츰 모든 것을 알게 되었다.

예를 들면, 어린 왕자는 내 비행기를(내 비행기를 그리지는 않겠다. 그건 내가 그리기에는 너무 복잡하다) 처음 보고서 물었다.

"이 물건은 뭐야?"

"그냥 물건이 아니야. 날아다니는 거야. 비행기라고. 내 비행기."

And I was proud to have him learn that I could fly. He cried out, then:

"What! You dropped down from the sky?"

"Yes," I answered, modestly.

"Oh! That is funny!"

And the little prince broke into a lovely peal of laughter, which irritated me very much. I like my misfortunes to be taken seriously.

Then he added: "So you, too, come from the sky! Which is your planet?"

At that moment I caught a gleam of light in the impenetrable mystery of his presence; and I demanded, abruptly:

"Do you come from another planet?"

But he did not reply. He tossed his head gently, without taking his eyes from my plane:

"It is true that on that you can't have come from very far away…"

And he sank into a reverie, which lasted a long time. Then, taking my sheep out of his pocket, he buried himself in the contemplation of his treasure.

You can imagine how my curiosity was aroused by this half-confidence about the "other planets." I made a great effort, therefore, to find out more on this subject.

나는 내가 날 수 있다는 사실을 알려 주게 되어 자랑스러웠다.
그러자 그가 소리쳤다.

"뭐! 아저씨가 하늘에서 떨어졌어?"

"그래." 나는 아무렇지도 않게 대답했다.

"와! 그거 재미있다!"

어린 왕자는 갑자기 까르르 하고 사랑스런 소리로 웃었는데,
나는 기분이 몹시 안 좋았다. 내가 당한 사고를 심각하게 여겨
주기를 바랐다.

어린 왕자가 말했다.

"그러니까 아저씨도 하늘에서 왔구나! 아저씨 별은 어느 별
이야?"

순간 나는 알 수 없던 어린 왕자의 존재와 관련해 한 줄기
빛이 비치는 것을 보았다. 그래서 재빨리 물었다.

"너는 다른 별에서 왔니?"

어린왕자는 대답하지 않았다. 비행기에 눈을 고정한 채 고개
만 살짝 젖혔다.

"이런 걸 타고는 아주 멀리서 오지는 못했겠네요…."

그러고는 오랫동안 자기만의 생각에 잠겨 버렸다. 이내 주머니에
서 내가 그려 준 양을 꺼내 마치 보물이라도 되는 양 유심히 들여
다봤다.

이 '다른 별'이라는 거의 속내와도 같은 말에, 내가 얼마나
궁금해서 몸이 달았을지 여러분도 상상이 갈 것이다. 따라서
나는 그것과 관련해 더 알아내려고 무척 애를 썼다.

"My little man, where do you come from? What is this 'where I live,' of which you speak? Where do you want to take your sheep?"

After a reflective silence he answered:

"The thing that is so good about the box you have given me is that at night he can use it as his house."

"That is so. And if you are good I will give you a string, too, so that you can tie him during the day, and a post to tie him to."

But the little prince seemed shocked by this offer:

"Tie him! What a queer idea!"

"But if you don't tie him," I said, "he will wander off somewhere, and get lost."

My friend broke into another peal of laughter:

"But where do you think he would go?"

"Anywhere. Straight ahead of him."

Then the little prince said, earnestly:

"That doesn't matter. Where I live, everything is so small!"

And, with perhaps a hint of sadness, he added:

"Straight ahead of him, nobody can go very far…"

"얘야, 너는 어디서 왔니? '내가 사는 곳'이라는 게 어디야? 양을 어디로 데려갈 거니?"

어린 왕자는 말없이 생각하다가 대답했다.

"아저씨가 그려 준 상자가 아주 좋은 건, 밤이면 양이 집으로 쓸 수 있다는 거야."

"그렇구나. 네가 원하면 낮에 양을 매어둘 끈도 그려줄게. 말뚝도"

어린 왕자는 이 제안에 무척 놀란 표정을 지었다.

"매어 둔다고! 정말 괴상한 생각이다!"

"양을 매어두지 않으면 아무 데나 돌아다녀서, 길을 잃고 말아."

내 친구는 또 다시 까르르 웃었다.

"양이 가긴 어디로 가?"

"어디든. 곧장 앞으로 가지."

어린 왕자는 진지한 표정이 되어 대꾸했다.

"괜찮아. 내가 사는 곳은 아주 작으니까!"

그러고는 어쩐지 슬픈 기색으로 덧붙였다.

"곧장 앞으로 가봐야 그리 멀리 갈 데도 없어…."

IV

I had thus learned a second fact of great importance: this was that the planet the little prince came from was scarcely any larger than a house!

But that did not really surprise me much. I knew very well that in addition to the great planets--such as the Earth, Jupiter, Mars, Venus--to which we have given names, there are also hundreds of others, some of which are so small that one has a hard time seeing them through the telescope. When an astronomer discovers one of these he does not give it a name, but only a number. He might call it, for example, "Asteroid 325".

I have serious reason to believe that the planet from which the little prince came is the asteroid known as B-612.

This asteroid has only once been seen through the telescope. That was by a Turkish astronomer, in 1909.

On making his discovery, the astronomer had presented it to the International Astronomical Congress, in a great demonstration. But he was in Turkish costume, and so nobody would believe what he said.

Grown-ups are like that…

04

이렇게 해서 나는 아주 중요한 사실을 또 하나 알게 되었다. 그건 어린 왕자가 살던 별은 겨우 집 한 채보다 클까 말까 하다는 사실이다!

하지만 그건 내게 별로 놀라운 사실이 아니었다. 나는 지구나 목성, 화성, 금성 같이 우리가 이름을 붙인 큰 행성들 외에도 망원경으로도 보기 힘들 정도로 아주 작은 행성들이 수백 개 있다는 사실을 잘 알았다. 천문학자가 이렇게 작은 행성들을 발견하면 이름 대신 단지 숫자만 붙여 준다. 이를 테면 '소행성 325호'라는 식으로.

어린 왕자가 살던 별은 소행성 B-612로 알려진 행성이라고 내가 믿는 데는 그럴 만한 이유가 있다.

이 소행성은 1909년에 한 터키 천문학자의 망원경에 딱 한 번 잡힌 적이 있었다.

그 천문학자는 국제 천문 학회에 나가 자신이 발견한 것을 대대적으로 증명했다. 그러나 그가 터키의 전통 의상을 입고 있던 터라 아무도 그의 말을 믿지 않았다.

어른들이란 그런 식이었다.

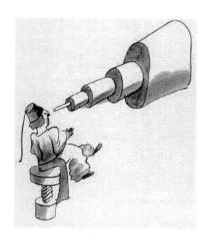

Fortunately, however, for the reputation of Asteroid B-612, a Turkish dictator made a law that his subjects, under pain of death, should change to European costume. So in 1920 the astronomer gave his demonstration all over again, dressed with impressive style and elegance. And this time everybody accepted his report.

If I have told you these details about the asteroid, and made a note of its number for you, it is on account of the grown-ups and their ways. When you tell them that you have made a new friend, they never ask you any questions about essential matters.

　다행히, 터키의 독재자가 소행성 B-612의 명성을 위해서 국민들이 유럽식 의상을 입어야 한다는 법을 만들고, 법을 따르지 않으면 사형에 처한다고 했다. 그래서 1920년 그 천문학자는 엄숙하고 우아한 옷을 입고 나가서, 자신이 발견한 것을 처음부터 다시 증명해 보였다. 그러자 이번에는 모두가 그의 보고를 받아들였다.

　내가 이 소행성에 대해서 자세히 말하고 번호까지 알려 주는 것은 어른들과 어른들의 방식 때문이다. 새 친구를 사귀었다고 말하면, 어른들은 정말 중요한 것들을 묻는 법이 없다.

They never say to you, "What does his voice sound like? What games does he love best? Does he collect butterflies?" Instead, they demand: "How old is he? How many brothers has he? How much does he weigh? How much money does his father make?" Only from these figures do they think they have learned anything about him.

If you were to say to the grown-ups: "I saw a beautiful house made of rosy brick, with geraniums in the windows and doves on the roof," they would not be able to get any idea of that house at all. You would have to say to them: "I saw a house that cost $20,000." Then they would exclaim: "Oh, what a pretty house that is!"

Just so, you might say to them: "The proof that the little prince existed is that he was charming, that he laughed, and that he was looking for a sheep. If anybody wants a sheep, that is a proof that he exists." And what good would it do to tell them that? They would shrug their shoulders, and treat you like a child. But if you said to them: "The planet he came from is Asteroid B-612," then they would be convinced, and leave you in peace from their questions.

가령, "그 애 목소리가 어때? 어떤 놀이를 제일 좋아하니? 나비들을 채집하니?"라고 묻는 법이 없다. 대신에 언제나 이렇게 묻는다. "몇 살이니? 형제가 얼마나 되니? 몸무게는? 그 애 부모님은 돈을 얼마나 버시니?" 이런 수치들을 듣고서야 그 친구에 대해 뭔가를 안다고 생각한다.

만일 어른들에게 "창턱에 제라늄 화분들이 놓여 있고 지붕에선 비둘기들이 놀고 있는 예쁜 빨간 벽돌집을 봤어요." 하고 말하면, 어른들은 어떤 집인지 전혀 감을 잡지 못한다. 어른들한테는 이렇게 말해야 한다. "2만 달러짜리 집을 봤어요." 그러면 어른들은 감탄한다. "오, 참 멋진 집이겠구나!"

그러니까, 여러분이 어른들에게 이렇게 말할지도 모른다. "어린 왕자가 존재한다는 증거는, 그 애가 매우 귀엽고 잘 웃고 양 한 마리를 원했다는 사실이에요. 누구든 양 한 마리를 원한다면 그건 그가 존재한다는 것을 증명해요." 그러나 그렇게 말하는 게 무슨 소용이 있겠는가? 어른들은 어깨를 으쓱하며 여러분을 어린애 취급할 테니 말이다. 하지만 "그 애가 살던 곳은 소행성 B-612예요."라고 말한다면 어른들은 이해하고, 더는 질문하며 귀찮게 굴지 않을 것이다.

They are like that. One must not hold it against them. Children should always show great forbearance toward grown-up people.

But certainly, for us who understand life, figures are a matter of indifference. I should have liked to begin this story in the fashion of the fairy-tales. I should have like to say: "Once upon a time there was a little prince who lived on a planet that was scarcely any bigger than himself, and who had need of a sheep…"

To those who understand life, that would have given a much greater air of truth to my story.

For I do not want any one to read my book carelessly. I have suffered too much grief in setting down these memories. Six years have already passed since my friend went away from me, with his sheep. If I try to describe him here, it is to make sure that I shall not forget him. To forget a friend is sad. Not every one has had a friend. And if I forget him, I may become like the grown-ups who are no longer interested in anything but figures…

It is for that purpose, again, that I have bought a box of paints and some pencils. It is hard to take up drawing again at my age, when I have never made any pictures except those of the boa constrictor from the outside and the boa constrictor from the inside, since I was six.

어른들은 이렇다. 이 때문에 어른들을 나쁘게 보면 안 된다. 아이들은 언제나 어른들을 매우 너그럽게 대해 줘야 한다.

하지만 분명, 인생을 이해하는 우리에게 숫자란 관심 밖의 문제다. 나는 이 이야기를 동화 스타일로 시작하고 싶었다. 이렇게 말이다. "옛날 옛날에 어린 왕자가 있었는데, 자기보다 좀 더 클까 말까 한 별에 살았고, 양 한 마리를 원했어⋯."

이렇게 이야기하면 인생을 아는 사람들은, 훨씬 더 진실한 느낌을 받았을 것이다.

나는 누구도 내 책을 무심하게 읽기를 원하지 않는다. 이 추억을 기록하는 동안 너무나 슬펐다. 내 친구가 양을 데리고 떠난 지 벌써 6년이 흘렀다. 지금 그 친구 이야기를 쓰려는 것은, 그를 잊지 않기 위해서다. 친구를 잊는 건 슬픈 일이다. 누구에게나 다 친구가 있는 것은 아니다. 그리고 내가 그 애를 잊는다면, 나는 숫자 말고는 어느 것에도 관심 없는 어른들처럼 될지도 모른다.

그리고 그런 까닭에서 나는 물감 한 통과 연필 몇 자루를 샀다. 여섯 살 때 속이 보이거나 안 보이는 보아뱀 외에 그림을 그려본 적이 없는 내가 이 나이에 다시 그림 그리기를 시작하기란 힘든 일이다.

I shall certainly try to make my portraits as true to life as possible. But I am not at all sure of success. One drawing goes along all right, and another has no resemblance to its subject. I make some errors, too, in the little prince's height: in one place he is too tall and in another too short. And I feel some doubts about the color of his costume. So I fumble along as best I can, now good, now bad, and I hope generally fair-to-middling.

In certain more important details I shall make mistakes, also. But that is something that will not be my fault. My friend never explained anything to me. He thought, perhaps, that I was like himself. But I, alas, do not know how to see sheep through the walls of boxes. Perhaps I am a little like the grown-ups. I have had to grow old.

물론 최대한 실제와 같게 그려 보도록 노력할 것이다. 하지만 성공할 자신은 없다. 그림 한 점이 썩 괜찮게 되면, 다른 그림은 대상과 전혀 닮은 구석이 없게 나온다. 어린 왕자의 키도 틀리게 그려진다. 어디서는 너무 크고 또 어디서는 너무 작다. 그의 옷 색깔도 자신이 없다. 그래서 내가 할 수 있는 한 최선을 다해 더듬더듬 그려 보지만 어디는 잘 되고, 또 어디는 잘 안 된다. 다만 전체적으로 괜찮기를 바란다.

중요한 어떤 부분에서 실수할지도 모른다. 하지만 그건 내 잘못이 아니다. 내 친구가 도무지 설명을 안 해줬으니까. 아마도 그는 내가 자기와 같을 거라고 생각한 것 같다. 하지만, 아아, 나는 상자 속의 양을 볼 줄 모른다. 어쩌면 나도 조금은 어른들과 같은지도 모른다. 나도 나이가 들었으니까.

V

As each day passed I would learn, in our talk, something about the little prince's planet, his departure from it, his journey. The information would come very slowly, as it might chance to fall from his thoughts. It was in this way that I heard, on the third day, about the catastrophe of the baobabs.

This time, once more, I had the sheep to thank for it. For the little prince asked me abruptly--as if seized by a grave doubt--"It is true, isn't it, that sheep eat little bushes?"

"Yes, that is true."

"Ah! I am glad!"

I did not understand why it was so important that sheep should eat little bushes. But the little prince added:

"Then it follows that they also eat baobabs?"

I pointed out to the little prince that baobabs were not little bushes, but, on the contrary, trees as big as castles; and that even if he took a whole herd of elephants away with him, the herd would not eat up one single baobab.

The idea of the herd of elephants made the little prince laugh.

05

날마다 어린 왕자와 이야기를 나누다가 그가 살던 별이나 출발, 여행에 대해 조금씩 알게 되었다. 이런 정보는 생각에 잠긴 어린 왕자의 입에서 아주 조금씩, 우연히 새어 나온 것들이었다. 사흘 째 되는 날 불행한 바오밥 나무들 얘기를 들은 것도 이런 식이었다.

이번에도 양 덕분이었다. 어린 왕자가 불쑥 물었던 것이다. 마치 무슨 심각한 의심이 든 것처럼. "양이 작은 나무들을 먹는다는 게 사실이야? 아니지?"

"먹어, 사실이야."

"아! 잘됐다!"

양이 작은 나무를 먹는다는 게 왜 그렇게 중요한지 나는 이해가 가지 않았다. 그때 어린 왕자가 또 물었다.

"그렇다면 양이 바오밥 나무도 먹겠네?"

나는 바오밥 나무는 작은 나무가 아니라 성채만큼 큰 나무라서 코끼리 떼를 몰고 간다 해도 바오밥 나무 한 그루를 다 먹어치우지 못할 거라고 알려줬다.

코끼리 떼라는 말에 어린 왕자는 까르르 웃었다.

"We would have to put them one on top of the other," he said.

But he made a wise comment:

"Before they grow so big, the baobabs start out by being little."

"That is strictly correct," I said. "But why do you want the sheep to eat the little baobabs?"

He answered me at once, "Oh, come, come!", as if he were speaking of something that was self-evident. And I was obliged to make a great mental effort to solve this problem, without any assistance.

Indeed, as I learned, there were on the planet where the little prince lived--as on all planets--good plants and bad plants. In consequence, there were good seeds from good plants, and bad seeds from bad plants. But seeds are invisible. They sleep deep in the heart of the earth's darkness, until some one among them is seized with the desire to awaken. Then this little seed will stretch itself and begin--timidly at first--to push a charming little sprig inoffensively upward toward the sun. If it is only a sprout of radish or the sprig of a rose-bush, one would let it grow wherever it might wish.

"코끼리들을 차곡차곡 포개 놓아야겠네."라고 어린 왕자는 말했다.

영리하게 이런 말도 했다.

"바오밥 나무들도 아주 커지기 전 처음에는 조그맣잖아."

"그렇지. 그런데 왜 양이 조그만 바오밥 나무를 먹었으면 하니?"

어린 왕자는 즉시 대답했다. "오, 그렇잖아요!" 마치 당연한 얘기를 한다는 듯이 말이다. 그래서 나는 아무 단서도 없이 이 문제를 푸느라 엄청 머리를 쥐어짜야 했다.

과연 어린 왕자가 사는 별에도 다른 모든 행성들과 마찬가지로 좋은 식물과 나쁜 식물이 있었다. 따라서 좋은 식물의 좋은 씨와 나쁜 식물의 나쁜 씨가 있었다. 그런데 씨는 눈에 보이지 않는다. 깜깜한 땅 속 깊은 데서 자고 있다가, 몇 개가 깨어나고 싶어진다. 그러면 작은 씨는 기지개를 켜고, 작고 귀여운 잔가지를 햇빛을 향해, 처음에는 수줍어하면서, 슬며시 내뻗는다. 그게 단지 무의 싹이나 장미덤불의 가지라면 마음대로 자라게 내버려 둬도 된다.

But when it is a bad plant, one must destroy it as soon as possible, the very first instant that one recognizes it.

Now there were some terrible seeds on the planet that was the home of the little prince; and these were the seeds of the baobab. The soil of that planet was infested with them. A baobab is something you will never, never be able to get rid of if you attend to it too late. It spreads over the entire planet. It bores clear through it with its roots. And if the planet is too small, and the baobabs are too many, they split it in pieces···

하지만 그게 나쁜 식물이라면 알아채는 순간 바로 뽑아 버려야 한다.

그런데 어린 왕자가 사는 별에 그런 무서운 씨가 있었으니, 그건 바로 바오밥 나무의 씨였다. 그 별의 흙 속에는 그 씨들이 잔뜩 있었다. 바오밥 나무는 자칫 너무 늦게 손을 쓰면 영영 없앨 수가 없다. 별 전체로 뻗어나간다. 별에 구멍을 뚫고 뿌리를 뻗는다. 그래서 작은 별에 바오밥 나무가 너무 많이 있다면, 그 별은 그만 쪼개져 산산조각이 나고 만다.

"It is a question of discipline," the little prince said to me later on. "When you've finished your own toilet in the morning, then it is time to attend to the toilet of your planet, just so, with the greatest care. You must see to it that you pull up regularly all the baobabs, at the very first moment when they can be distinguished from the rosebushes which they resemble so closely in their earliest youth. It is very tedious work," the little prince added, "but very easy."

And one day he said to me: "You ought to make a beautiful drawing, so that the children where you live can see exactly how all this is. That would be very useful to them if they were to travel some day. Sometimes," he added, "there is no harm in putting off a piece of work until another day. But when it is a matter of baobabs, that always means a catastrophe. I knew a planet that was inhabited by a lazy man. He neglected three little bushes…"

So, as the little prince described it to me, I have made a drawing of that planet. I do not much like to take the tone of a moralist. But the danger of the baobabs is so little understood, and such considerable risks would be run by anyone who might get lost on an asteroid, that for once I am breaking through my reserve.

"그건 규율의 문제야." 하고 나중에 어린 왕자가 말했다. "아침에 단장을 마치면 그다음에는 별을 단장해 줘야 해. 아주 정성껏, 세심하게. 모든 바오밥 나무를 정기적으로 뽑아 버려야 해. 그게 아주 어릴 때는 장미나무와 흡사하지만 구분이 되는 시점에 이르면 바로 뽑아 줘야 하는데, 그게 아주 지루한 작업이야." 그러고는 덧붙였다. "그래도 아주 쉬워."

그리고 어느 날은 이렇게 말했다. "아저씨는 아저씨가 사는 곳의 아이들이 그게 무슨 뜻인지 똑똑히 알 수 있도록 예쁘게 그림을 그리는 게 좋겠어. 아이들이 언젠가 여행을 하게 된다면 아주 도움이 될 거야. 더러는 어떤 일을 다음 날로 미루는 게 해가 되지 않을 수도 있어. 하지만 바오밥 나무의 일이라면 매우 곤란해져. 내가 아는 어느 별에 게으른 남자가 하나 살았는데, 작은 나무 세 그루를 그냥 방치해 뒀었지…."

그래서 나는 어린 왕자가 설명한 대로 그 별을 그렸다. 나는 훈계하는 말투는 별로 좋아하지 않는다. 하지만 바오밥 나무의 위험성을 아는 사람이 너무 적고, 어떤 소행성에서 길을 잃게 될 사람이 당할 위험성은 너무나 크기 때문에 이번 한 번만은 예외적으로 분명히 말하겠다.

Children," I say plainly, "watch out for the baobabs!"

My friends, like myself, have been skirting this danger for a long time, without ever knowing it; and so it is for them that I have worked so hard over this drawing. The lesson which I pass on by this means is worth all the trouble it has cost me.

Perhaps you will ask me, "Why are there no other drawing in this book as magnificent and impressive as this drawing of the baobabs?"

The reply is simple. I have tried. But with the others I have not been successful. When I made the drawing of the baobabs I was carried beyond myself by the inspiring force of urgent necessity.

"아이들아, 바오밥 나무를 조심해!"

나와 마찬가지로 내 친구들은 오랫동안 이 위험성에 대해 전혀 알지 못해 회피해 왔다. 그래서 나는 그들을 위해 매우 공을 들여 이 그림을 그렸다. 이 그림을 통해 내가 전하고자 하는 교훈은 그만한 값어치가 있다.

여러분은 물을 것이다. "왜 이 책에는 바오밥 나무 그림만큼 멋지고 인상 깊은 그림이 없나요?"

대답은 간단하다. 나도 노력했지만 다른 그림들은 성공하지 못했다. 다만 바오밥 나무를 그릴 때는 긴급히 필요하다는 절실한 감정에 이끌렸던 것이다.

VI

Oh, little prince! Bit by bit I came to understand the secrets of your sad little life... For a long time you had found your only entertainment in the quiet pleasure of looking at the sunset. I learned that new detail on the morning of the fourth day, when you said to me:

"I am very fond of sunsets. Come, let us go look at a sunset now."

"But we must wait," I said.

"Wait? For what?"

"For the sunset. We must wait until it is time."

At first you seemed to be very much surprised. And then you laughed to yourself. You said to me:

"I am always thinking that I am at home!"

Just so. Everybody knows that when it is noon in the United States the sun is setting over France.

If you could fly to France in one minute, you could go straight into the sunset, right from noon. Unfortunately, France is too far away for that. But on your tiny planet, my little prince, all you need do is move your chair a few steps. You can see the day end and the twilight falling whenever you like...

06

아, 어린 왕자여! 너의 슬프고 짧은 삶의 비밀들을 하나씩 알게 되었어…. 오랫동안 너는 지는 해를 가만히 바라보는 것만이 유일한 낙이었지. 나흘 째 되는 날 아침 네가 이렇게 말했을 때에야 나는 그 새로운 사실을 알았어.

"나는 해 지는 광경이 참 좋아. 우리 해 지는 거 보러 가자, 지금."

"기다려야 해."

"기다린다고? 뭘?"

"해가 질 때를 기다려야지."

처음에 너는 몹시 놀란 표정이었어. 그러다가 이내 혼자 웃고는 말했지.

"난 항상 집에 있는 줄로 착각한다니까!"

그래. 누구나 다 알듯 미국에서 정오면 프랑스에서는 해가 지고 있어.

단숨에 프랑스로 날아갈 수 있다면 정오 시간에 있다가도 곧바로 해 지는 광경을 볼 수 있을 거야. 하지만 아쉽게도 프랑스는 그렇게 하기에는 너무 멀어. 그러나 나의 어린 왕자, 너의 조그만 별에서는 의자에 앉은 채 한두 발짝만 움직이면 돼. 해가 지고 땅거미가 퍼지는 광경을 원할 때마다 볼 수 있지.

"One day," you said to me, "I saw the sunset forty-four times!"

And a little later you added:

"You know--one loves the sunset, when one is so sad…"

"Were you so sad, then?" I asked, "on the day of the forty-four sunsets?"

But the little prince made no reply.

네가 말했어. "어느 날은 해 지는 걸 마흔네 번이나 봤어!"

그러고는 잠시 뒤에 말을 이었어.

"있잖아… 해 지는 걸 좋아한다는 건 몹시 슬프다는 뜻이야."

"그럼 너도 몹시 슬펐니?" 내가 물었지. "해 지는 걸 마흔네 번이나 본 날?"

어린 왕자는 대답하지 않았다.

VII

On the fifth day--again, as always, it was thanks to the sheep--the secret of the little prince's life was revealed to me. Abruptly, without anything to lead up to it, and as if the question had been born of long and silent meditation on his problem, he demanded:

"A sheep--if it eats little bushes, does it eat flowers, too?"

"A sheep," I answered, "eats anything it finds in its reach."

"Even flowers that have thorns?"

"Yes, even flowers that have thorns."

"Then the thorns--what use are they?"

I did not know. At that moment I was very busy trying to unscrew a bolt that had got stuck in my engine. I was very much worried, for it was becoming clear to me that the breakdown of my plane was extremely serious. And I had so little drinking-water left that I had to fear for the worst.

"The thorns--what use are they?"

The little prince never let go of a question, once he had asked it. As for me, I was upset over that bolt.

And I answered with the first thing that came into my head: "The thorns are of no use at all. Flowers have thorns just for spite!"

"Oh!"

07

닷새째 되는 날, 언제나 그렇듯 또 양 덕분에, 어린 왕자의 삶의 비밀 하나가 밝혀졌다. 어린 왕자가 느닷없이, 오랫동안 곰곰이 생각해 온 문제인 듯 불쑥, 물었던 것이다.

"양 있잖아, 그게 작은 나무를 먹는다면, 꽃도 먹어?"

"양은 닥치는 대로 뭐든 먹지."

"가시 있는 꽃도?"

"그럼, 가시 있는 꽃도."

"그렇다면 가시는, 뭐에 쓰는 거야?"

나는 몰랐다. 그때 나는 엔진에 박혀 꼼짝 안 하는 볼트를 푸느라 바빴다. 비행기 고장이 매우 심각하다는 것을 알고 몹시 걱정하던 터였다. 게다가 물도 얼마 남지 않아 최악의 상황이 걱정되었었다.

"가시는, 뭐에 쓰는 거야?"

어린 왕자는 한번 물어 보면 대답을 들을 때까지 물러서는 법이 없었다. 하지만 그때 나는 볼트 때문에 신경이 곤두 서 있었다.

그래서 당장 생각나는 대로 아무렇게나 대꾸했다.

"가시는 아무데도 쓸모없어. 꽃들은 그냥 심술을 부리려고 가시를 갖고 있는 거야!"

"아아!"

There was a moment of complete silence. Then the little prince flashed back at me, with a kind of resentfulness: "I don't believe you! Flowers are weak creatures. They are naïve. They reassure themselves as best they can. They believe that their thorns are terrible weapons···"

I did not answer. At that instant I was saying to myself: "If this bolt still won't turn, I am going to knock it out with the hammer." Again the little prince disturbed my thoughts: "And you actually believe that the flowers--"

"Oh, no!" I cried. "No, no, no! I don't believe anything. I answered you with the first thing that came into my head. Don't you see--I am very busy with matters of consequence!"

He stared at me, thunderstruck.

"Matters of consequence!"

He looked at me there, with my hammer in my hand, my fingers black with engine-grease, bending down over an object which seemed to him extremely ugly···

"You talk just like the grown-ups!"

That made me a little ashamed. But he went on, relentlessly: "You mix everything up together··· You confuse everything···"   .

잠시 완전한 침묵이 흘렀다. 이내 어린 왕자는 분풀이라도 하듯 톡 쏘아붙였다.

"그렇지 않아! 꽃들은 약한 존재야. 순진하다고. 그들이 할 수 있는 최선을 다해 자신을 보호하는 거야. 자신의 가시가 무시무시한 무기라고 믿는다고…."

나는 대꾸하지 않았다. 그 순간 나는 '볼트가 안 빠지면 망치로 손봐야겠다.' 하고 생각하고 있었다. 어린 왕자가 다시 내 생각을 훼방 놓았다.

"정말로 아저씨 생각에는, 꽃들이…"

"아, 그만!" 내가 소리쳤다. "그만, 그만, 그만하라고! 난 아무 생각도 안 해. 그냥 떠오르는 대로 지껄인 거야. 모르겠니? 나는 아주 중요한 일을 하느라 바쁘다고!"

그 애는 몹시 놀라서 날 바라봤다.

"중요한 일이라고!"

어린 왕자는, 손에 망치를 든 채 엔진 기름으로 까맣게 얼룩진 손가락을 하고는 아주 흉해 보이는 물건에 몸을 구부리고 있는 나를 빤히 바라봤다.

"꼭 어른들하고 똑같이 말하네!"

나는 약간 부끄러워졌다. 그러나 그 애는 수그러들지 않고 계속했다.

"아저씨는 모든 것을 뒤섞어… 모든 것을 뒤죽박죽으로 만들고 있어."

He was really very angry. He tossed his golden curls in the breeze.

"I know a planet where there is a certain red-faced gentleman. He has never smelled a flower. He has never looked at a star. He has never loved any one. He has never done anything in his life but add up figures. And all day he says over and over, just like you: 'I am busy with matters of consequence!' And that makes him swell up with pride. But he is not a man--he is a mushroom!"

"A what?"

"A mushroom!"

The little prince was now white with rage.

"The flowers have been growing thorns for millions of years. For millions of years the sheep have been eating them just the same. And is it not a matter of consequence to try to understand why the flowers go to so much trouble to grow thorns which are never of any use to them? Is the warfare between the sheep and the flowers not important? Is this not of more consequence than a fat red-faced gentleman's sums? And if I know--I, myself--one flower which is unique in the world, which grows nowhere but on my planet, but which one little sheep can destroy in a single bite some morning, without even noticing what he is doing--Oh! You think that is not important!"

어린 왕자는 진짜로 화가 몹시 났다. 금빛 고수머리를 마구 흔들었다.

"어느 별에 얼굴이 뻘건 아저씨가 살았어. 그 아저씨는 꽃향기를 맡아본 적이 한 번도 없어. 별을 본 적도 없고, 누구를 사랑해본 적도 없지. 살면서 숫자 더하는 것 말고는 아무것도 한 게 없어. 그리고 온종일 거듭거듭 말했어. 꼭 아저씨랑 똑같이. '나는 중요한 일을 하느라 바빠!' 그리고는 자만심으로 우쭐했어. 그런데 말야, 그런 아저씨는 사람이 아니야. 버섯이야!"

"뭐라고?"

"버섯이라고!"

어린 왕자는 이제 너무 화가 나서 얼굴이 하얗게 질렸다.

"꽃들은 수백만 년 전부터 가시를 키워 왔어. 수백만 년 전부터 양은 꽃을 늘 먹어 왔고. 그런데 꽃들이 아무 쓸모없는 그 가시들을 자라게 하느라 그렇게 애를 쓰는 이유를 알려고 하는 게 중요하지 않다고? 양과 꽃들 사이의 전쟁이 중요하지 않다고? 이게 뻘건 얼굴의 뚱뚱한 아저씨의 계산보다 더 중요하지 않다고? 그리고 내가 아는, 세상에서 단 하나뿐인 꽃, 그 어디에도 없이 내 별에서만 자라는 작은 꽃을 작은 양 한 마리가 어느 날 아침에 무심하게 한 입 베어 물어서 없애 버린다면…, 아아! 아저씨는 그게 중요하지 않다 이거지!"

His face turned from white to red as he continued:

"If some one loves a flower, of which just one single blossom grows in all the millions and millions of stars, it is enough to make him happy just to look at the stars. He can say to himself, 'Somewhere, my flower is there···' But if the sheep eats the flower, in one moment all his stars will be darkened··· And you think that is not important!"

He could not say anything more. His words were choked by sobbing.

The night had fallen. I had let my tools drop from my hands. Of what moment now was my hammer, my bolt, or thirst, or death? On one star, one planet, my planet, the Earth, there was a little prince to be comforted. I took him in my arms, and rocked him. I said to him:

"The flower that you love is not in danger. I will draw you a muzzle for your sheep. I will draw you a railing to put around your flower. I will--"

I did not know what to say to him. I felt awkward and blundering. I did not know how I could reach him, where I could overtake him and go on hand in hand with him once more.

It is such a secret place, the land of tears.

하얘졌던 어린 왕자의 얼굴은 이제 빨개졌다.

"만약에 누가 수백수천만의 별들 가운데 핀 단 한 송이의 꽃을 사랑한다면, 그는 그 별들을 보기만 해도 행복할 거야. '저 별 어딘가에 내 꽃이 있어…' 하고 생각하면서. 그런데 양이 그 꽃을 먹어 버리면 한순간에 그 모든 별들이 꺼져 버리는 거야…. 그런데 아저씨는 그게 중요하지 않다고 해!"

어린 왕자는 더 말을 잇지 못했다. 흐느껴 우느라 말을 할 수 없었다.

어둠이 내렸다. 나는 손에서 연장들을 내려놓았다. 지금 망치와 볼트, 목마름, 죽음이 다 뭐란 말인가? 하나의 별, 행성, 나의 행성 지구에 위로해 줘야 할 어린 왕자가 있었다. 나는 어린 왕자를 껴안고 흔들어 달래 주었다.

"네가 사랑하는 꽃은 위험하지 않아. 아저씨가 양한테 씌울 부리망을 그려 줄게. 네 꽃 둘레에 칠 울타리도 그려 줄게. 그리고…."

나는 뭐라고 위로해야 할지 몰랐다. 어색했고, 내가 서툴게 느껴졌다. 어떻게 그 애에게 다가가 어디쯤에서 마음을 달래며 다시 손을 잡아줄 수 있는지 알 수 없었다.

눈물의 나라는, 이토록 알 수 없는 곳이다.

VIII

I soon learned to know this flower better. On the little prince's planet the flowers had always been very simple. They had only one ring of petals; they took up no room at all; they were a trouble to nobody. One morning they would appear in the grass, and by night they would have faded peacefully away. But one day, from a seed blown from no one knew where, a new flower had come up; and the little prince had watched very closely over this small sprout which was not like any other small sprouts on his planet. It might, you see, have been a new kind of baobab.

The shrub soon stopped growing, and began to get ready to produce a flower. The little prince, who was present at the first appearance of a huge bud, felt at once that some sort of miraculous apparition must emerge from it. But the flower was not satisfied to complete the preparations for her beauty in the shelter of her green chamber. She chose her colors with the greatest care. She dressed herself slowly. She adjusted her petals one by one. She did not wish to go out into the world all rumpled, like the field poppies.

08

나는 곧 그 꽃에 대해 좀 더 알게 되었다. 어린 왕자가 사는 별에 는 언제나 매우 소박한 꽃들이 피었다. 꽃잎이 단 한 겹이었고, 자리도 별로 차지하지 않았으며, 누구와도 문제가 없었다. 아침에 풀 위로 올라왔다가 저녁이면 조용히 졌다. 그런데 어느 날 어디서인지 알 수 없는 씨앗 하나가 날아와 새로운 꽃이 피었다. 어린 왕자는 이전에 보던 다른 작은 싹들과는 다른 그 작은 싹을 아주 가까이에서 지켜봤다. 새로운 바오밥나무의 싹일지도 모르는 거였으니까.

작은 나무는 곧 더는 자라지 않고 꽃을 피울 준비를 했다. 커다란 꽃봉오리가 올라오자, 어린왕자는 즉시 신비로운 뭔가가 나타날 것을 느꼈다. 하지만 꽃은 초록의 안전한 방에서 예쁘게 단장하는 데 여념이 없었다. 최대한 신중을 기해 색깔을 고르고 천천히 옷을 입었다. 한 장 한 장 꽃잎의 매무새를 다듬었다. 양귀비꽃처럼 구겨진 채로 세상에 나오기는 싫었던 것이다.

It was only in the full radiance of her beauty that she wished to appear. Oh, yes! She was a coquettish creature! And her mysterious adornment lasted for days and days.

Then one morning, exactly at sunrise, she suddenly showed herself.

And, after working with all this painstaking precision, she yawned and said:

"Ah! I am scarcely awake. I beg that you will excuse me. My petals are still all disarranged…"

But the little prince could not restrain his admiration:

"Oh! How beautiful you are!"

"Am I not?" the flower responded, sweetly. "And I was born at the same moment as the sun…"

The little prince could guess easily enough that she was not any too modest--but how moving--and exciting--she was!

"I think it is time for breakfast," she added an instant later. "If you would have the kindness to think of my needs--"

And the little prince, completely abashed, went to look for a sprinkling-can of fresh water. So, he tended the flower.

꽃은 아름다움이 절정에 이르러 빛나는 모습으로 나오고 싶었다. 아, 그렇다! 그 꽃은 애교가 많은 존재였다! 그녀의 꾸미기는 며칠이고 계속됐다.

그러던 어느 날 아침, 해가 뜸과 동시에 그녀가 불쑥 자태를 드러냈다.

그렇게 공을 들여 세심하게 단장한 그녀가 하품을 하며 말했다.

"하암! 겨우 잠에서 깨어났네요. 미안해요. 꽃잎들이 아직 정리가 안 돼서…."

어린 왕자는 감탄이 나오는 것을 억누를 수가 없었다.

"오! 정말 아름답군요!"

"그렇죠?" 꽃이 귀엽게 대꾸했다. "그리고 나는 해님과 동시에 태어났어요."

어린 왕자는 꽃이 그다지 겸손하지 않다는 사실을 금방 눈치챘다. 하지만 이 꽃은 너무나 감동시키고 마음을 설레게 했다!

조금 뒤에 꽃이 말했다. "아침 식사할 시간인 거 같네요. 제게 필요한 것을 좀 해주시겠어요?"

어린 왕자는 쑥스럽고 당황스러워하면서 물뿌리개를 찾아와 꽃에게 신선한 물을 주었다. 이렇게, 그는 꽃을 돌보게 되었다.

So, too, she began very quickly to torment him with her vanity--which was, if the truth be known, a little difficult to deal with. One day, for instance, when she was speaking of her four thorns, she said to the little prince:

"Let the tigers come with their claws!"

"There are no tigers on my planet," the little prince objected. "And, anyway, tigers do not eat weeds."

"I am not a weed," the flower replied, sweetly.

"Please excuse me⋯"

"I am not at all afraid of tigers," she went on, "but I have a horror of drafts. I suppose you wouldn't have a screen for me?"

"A horror of drafts--that is bad luck, for a plant," remarked the little prince, and added to himself, "This flower is a very complex creature⋯"

그렇게, 꽃은 곧 허영심으로 어린 왕자를 괴롭히기 시작했는데, 사실 그녀의 허영심은 받아 주기가 약간 힘들었다. 가령 어느 날은 자신이 갖고 있는 네 개의 가시 이야기를 하면서 어린 왕자에게 이렇게 말했다.

"호랑이들이 발톱을 세우고 오기만 해봐요!"

"내 별에는 호랑이가 없어요. 그리고 호랑이는 풀은 먹지 않아요." 하고 어린 왕자가 대꾸했다.

"나는 그냥 풀이 아니에요." 꽃이 상냥하게 되받았다.

"미안해요…."

"나는 호랑이들이 하나도 안 무서워요. 하지만 찬바람은 끔찍하게 싫어요. 혹시 바람막이 없어요?"

"찬바람이 끔찍하게 싫다니 식물로서는 참 안됐네요." 그리고 어린 왕자는 속으로 생각했다. '이 꽃은 꽤 까탈스럽구나.'

"At night I want you to put me under a glass globe. It is very cold where you live. In the place I came from--"

But she interrupted herself at that point. She had come in the form of a seed. She could not have known anything of any other worlds. Embarassed over having let herself be caught on the verge of such a naive untruth, she coughed two or three times, in order to put the little prince in the wrong.

"The screen?"

"I was just going to look for it when you spoke to me···"

Then she forced her cough a little more so that he should suffer from remorse just the same.

So the little prince, in spite of all the good will that was inseparable from his love, had soon come to doubt her. He had taken seriously words which were without importance, and it made him very unhappy.

"I ought not to have listened to her," he confided to me one day. "One never ought to listen to the flowers. One should simply look at them and breathe their fragrance. Mine perfumed all my planet. But I did not know how to take pleasure in all her grace. This tale of claws, which disturbed me so much, should only have filled my heart with tenderness and pity."

"밤에는 내게 둥근 유리 덮개를 씌워 주면 좋겠어요. 당신이 사는 이곳은 너무 추워요. 내가 살던 곳은…"

꽃은 여기까지 말하다가 스스로 멈췄다. 그녀는 씨앗 형태에서 자라났기 때문에 다른 곳에 대해서는 알 수가 없었다. 터무니없는 거짓말을 하려다 들킨 게 부끄러웠던 꽃은, 어린 왕자에게 잘못을 뒤집어씌우려고 두세 번 기침을 했다.

"바람막이는요?"

"막 가지러 가려던 참이었는데 당신이 계속 말을 해서…."

그러자 꽃은 어린 왕자가 자책감이 들도록 억지로 더 기침했다.

그래서 어린 왕자는 사랑과 분리할 수 없는 모든 선의에도 불구하고 곧 꽃에 대해 의심하는 마음이 들었다. 중요하지 않은 말을 심각하게 받아들였고, 그러자 몹시 불행해졌다.

"그녀의 말에 귀 기울이지 말 걸 그랬어." 하고 어느 날 어린 왕자가 내게 털어놓았다. "꽃들의 말은 심각하게 들으면 안 돼. 단지 꽃들을 바라보고 그 향기를 들이마시기만 하는 게 좋아. 내 꽃은 나의 별 곳곳을 향기롭게 했어. 그런데 나는 그 모든 미덕을 즐길 줄 몰랐어. 그 발톱 얘기에 나는 몹시 혼란스러웠지만, 그녀를 더욱 다정하게 대하고 가엾게 여겼어야 했어."

And he continued his confidences:

"The fact is that I did not know how to understand anything! I ought to have judged by deeds and not by words. She cast her fragrance and her radiance over me. I ought never to have run away from her⋯ I ought to have guessed all the affection that lay behind her poor little strategems. Flowers are so inconsistent! But I was too young to know how to love her⋯"

IX

I believe that for his escape he took advantage of the migration of a flock of wild birds. On the morning of his departure he put his planet in perfect order. He carefully cleaned out his active volcanoes. He possessed two active volcanoes; and they were very convenient for heating his breakfast in the morning. He also had one volcano that was extinct. But, as he said, "One never knows!" So he cleaned out the extinct volcano, too. If they are well cleaned out, volcanoes burn slowly and steadily, without any eruptions. Volcanic eruptions are like fires in a chimney.

어린 왕자는 이렇게 고백했다.

"사실은 내가 아무것도 이해할 줄 몰랐어! 말이 아니라 행동으로 판단해야 했어. 그 꽃은 내게 자신의 향기와 빛을 보냈는데. 그녀를 두고 도망치지 말았어야 했는데…. 그녀의 사소한 심술 뒤에 애정이 숨어 있다는 걸 알아챘어야 하는 건데…. 꽃들은 진짜 속내를 말로 표현하지 않아! 그런데 나는 너무 어려서 그녀를 사랑할 줄을 몰랐어."

09

나는 어린 왕자가 이동하는 철새들을 이용해 자기 별에서 나왔다고 생각한다. 출발하는 날 아침 그는 별을 완벽하게 정돈해 놓았다. 활화산들을 세심하게 청소했다. 그의 별에는 두 개의 활화산이 있어서, 아침에 음식을 데우기 아주 편리했다. 그리고 불 꺼진 휴화산도 하나 있었는데, 어린 왕자의 말마따나, "아무도 알 수 없는 일이다!" 그래서 휴화산도 깨끗이 치워 놓았다. 화산은 깨끗하게 청소해 놓으면 천천히 규칙적으로 데워지므로, 갑자기 끓어 넘치지 않는다. 화산 폭발은 굴뚝 안의 불이 발화하는 것과 같다.

On our earth we are obviously much too small to clean out our volcanoes. That is why they bring no end of trouble upon us.

The little prince also pulled up, with a certain sense of dejection, the last little shoots of the baobabs. He believed that he would never want to return. But on this last morning all these familiar tasks seemed very precious to him. And when he watered the flower for the last time, and prepared to place her under the shelter of her glass globe, he realized that he was very close to tears.

"Goodbye," he said to the flower.

But she made no answer.

"Goodbye," he said again.

The flower coughed. But it was not because she had a cold.

"I have been silly," she said to him, at last. "I ask your forgiveness. Try to be happy…"

He was surprised by this absence of reproaches. He stood there all bewildered, the glass globe held arrested in mid-air. He did not understand this quiet sweetness.

지구에 사는 우리는 지구의 화산들을 청소해 주기에는 확실히 너무 작다. 때문에 화산들이 자꾸만 우리를 곤란하게 만든다.

어린 왕자는 또한 상한 마음으로 바오밥 나무의 싹을 마지막 하나까지 다 뽑았다. 다시는 돌아오지 못하리라는 생각이 들었던 것이다. 그런데 마지막 날 아침 늘 해오던 그 모든 일들이 너무도 소중하게 느껴졌다. 마지막으로 꽃에 물을 주고 둥근 유리 덮개를 안전하게 씌워 주려는 순간, 어린 왕자는 울음이 터져 나올 것만 같았다.

"잘 있어." 어린 왕자가 꽃에게 인사했다.

그러나 꽃은 대답하지 않았다.

"잘 있어." 어린 왕자는 한 번 더 말했다.

꽃은 기침을 했다. 그러나 그건 감기 때문은 아니었다.

"내가 어리석었어." 마침내 꽃이 입을 열었다. "용서해 줘. 행복하도록⋯."

어린 왕자는 탓하는 말이 아니어서 놀랐다. 갈피를 잡지 못해 유리 덮개를 손에 든 채 우두커니 서 있었다. 꽃에게서 이렇게 다정다감한 말을 듣는 건 처음이었다.

"Of course I love you," the flower said to him. "It is my fault that you have not known it all the while. That is of no importance. But you--you have been just as foolish as I. Try to be happy⋯ Let the glass globe be. I don't want it any more."

"But the wind--"

"My cold is not so bad as all that⋯ The cool night air will do me good. I am a flower."

"But the animals--"

"Well, I must endure the presence of two or three caterpillars if I wish to become acquainted with the butterflies. It seems that they are very beautiful. And if not the butterflies--and the caterpillars--who will call upon me? You will be far away⋯ As for the large animals--I am not at all afraid of any of them. I have my claws."

And, naïvely, she showed her four thorns. Then she added:

"Don't linger like this. You have decided to go away. Now go!"

For she did not want him to see her crying. She was such a proud flower.

"물론 나는 널 사랑해." 하고 꽃이 말했다. "그동안 네가 그 사실을 몰랐던 건 다 내 잘못이야. 아무래도 좋아. 하지만 너도 나만큼이나 어리석었어. 행복하도록…. 유리 덮개는 그냥 둬. 더는 필요 없어."

"하지만 바람이…"

"내 감기는 그렇게 심하지 않아… 선선한 밤바람을 쐬면 내게 좋을 거야. 난 꽃이잖아."

"하지만 동물들이…"

"음, 나비들과 친해지려면 애벌레 두세 마리 정도는 참아야겠지. 나비들은 무척 예쁜 것 같아. 그리고 나비와 애벌레들 말고 누가 날 찾아오겠니? 너는 멀리 있을 텐데…. 그리고 큰 짐승들, 그들도 전혀 겁 안 나. 내게 발톱이 있잖아."

그러고는 천진난만하게 가시 네 개를 내보였다.

"그렇게 꾸물거리지 마. 떠나기로 마음먹었으니, 어서 가!"

꽃은 자기가 우는 모습을 어린 왕자에게 보이기 싫었던 것이다. 그렇게 그녀는 자존심이 강한 꽃이었다.

X

He found himself in the neighborhood of the asteroids 325, 326, 327, 328, 329, and 330. He began, therefore, by visiting them, in order to add to his knowledge.

The first of them was inhabited by a king. Clad in royal purple and ermine, he was seated upon a throne which was at the same time both simple and majestic.

"Ah! Here is a subject," exclaimed the king, when he saw the little prince coming.

And the little prince asked himself:

"How could he recognize me when he had never seen me before?"

He did not know how the world is simplified for kings. To them, all men are subjects.

"Approach, so that I may see you better," said the king, who felt consumingly proud of being at last a king over somebody.

The little prince looked everywhere to find a place to sit down; but the entire planet was crammed and obstructed by the king's magnificent ermine robe. So he remained standing upright, and, since he was tired, he yawned.

10

어린 왕자의 별은 소행성 325호와 326호, 327호, 328호, 329호, 330호와 이웃하고 있었다. 그래서 어린 왕자는 견문을 쌓기 위해 그 별들을 방문했다.

첫 번째로 간 별에는 왕이 살고 있었다. 진한 자줏빛 옷에 흰 담비 가운을 걸친 왕은 단순하면서도 위엄 있어 보이는 옥좌에 앉아 있었다.

"아! 신하가 하나 왔구나." 왕은 어린 왕자가 오는 것을 보고 외쳤다.

어린 왕자는 생각했다.

'지금 처음 만나는데 날 어떻게 알지?'

왕들에게는 세상이 얼마나 단순한지를 어린 왕자는 몰랐다. 그들에게 다른 사람들은 모두 신하였다.

"너를 잘 볼 수 있게 가까이 오라." 하고 왕이 말했다. 그는 마침내 누군가의 왕이 된다는 사실에 너무도 뿌듯했다.

어린 왕자는 앉을 자리를 찾아 주변을 둘러봤다. 그러나 별 전체가 왕의 화려한 흰 담비 가운으로 덮여 있어 비좁았다. 그래서 어린 왕자는 그 자리에 꼿꼿이 서 있었는데, 피곤한 탓에 하품이 나왔다.

"It is contrary to etiquette to yawn in the presence of a king," the monarch said to him. "I forbid you to do so."

"I can't help it. I can't stop myself," replied the little prince, thoroughly embarrassed. "I have come on a long journey, and I have had no sleep…"

"Ah, then," the king said. "I order you to yawn. It is years since I have seen anyone yawning. Yawns, to me, are objects of curiosity. Come, now! Yawn again! It is an order."

"That frightens me… I cannot, any more…" murmured the little prince, now completely abashed.

"Hum! Hum!" replied the king. "Then I--I order you sometimes to yawn and sometimes to--"

He sputtered a little, and seemed vexed.

For what the king fundamentally insisted upon was that his authority should be respected. He tolerated no disobedience. He was an absolute monarch. But, because he was a very good man, he made his orders reasonable.

"If I ordered a general," he would say, by way of example, "if I ordered a general to change himself into a sea bird, and if the general did not obey me, that would not be the fault of the general. It would be my fault."

"왕 앞에서 하품하는 것은 예의에 어긋난다." 군주가 말했다. "하품하는 것을 금한다."

"저도 어쩔 수가 없어요. 참을 수가 없는 걸요." 어린 왕자가 무척 당황하며 대답했다. "긴 여행을 하느라 잠을 못 자서 그래요."

"그렇다면, 하품을 하도록 명한다. 하품하는 사람을 못 본지가 몇 해째다. 짐에게 하품이란 진기한 구경거리구나. 어서! 또 하품하라! 명령이다."

"놀랐잖아요…. 이제 하품이 안 나와요." 어린 왕자는 이제 완전히 무안해져서 조그맣게 말했다.

"어험! 어험! 그렇다면, 짐이 명한다. 때로는 하품하고 또 때로는…"

왕은 조금 더듬대더니 짜증이 난 듯했다.

왕이 기본적으로 고집하는 것은 자신의 권위가 존중받는 것이었기 때문이다. 따라서 왕은 불복종은 참지 못했다. 절대 군주였던 것이다. 그러면서 그는 또 아주 좋은 사람이었기 때문에 이치에 맞는 명령을 내렸다.

왕은 예를 들면 이렇게 말했다. "만일 짐이 장군에게 바닷새로 변하라고 명령을 내렸는데, 장군이 내 명령에 따르지 못한다면, 그건 장군의 잘못이 아니다. 짐의 잘못이다."

"May I sit down?" came now a timid inquiry from the little prince.

"I order you to do so," the king answered him, and majestically gathered in a fold of his ermine mantle.

But the little prince was wondering… The planet was tiny. Over what could this king really rule?

"Sire," he said to him, "I beg that you will excuse my asking you a question--"

"I order you to ask me a question," the king hastened to assure him.

"Sire--over what do you rule?"

"Over everything," said the king, with magnificent simplicity.

"Over everything?"

The king made a gesture, which took in his planet, the other planets, and all the stars.

"Over all that?" asked the little prince.

"Over all that," the king answered.

For his rule was not only absolute: it was also universal.

"And the stars obey you?"

"Certainly they do," the king said. "They obey instantly. I do not permit insubordination."

"앉아도 될까요?" 하고 어린 왕자가 조심스레 물었다.

"앉을 것을 명령한다." 왕은 이렇게 말하면서 흰 담비 가운의 주름 한 자락을 위엄 있게 걷어 올렸다.

어린 왕자는 궁금했다. 이 별은 아주 작았다. 대체 이 왕은 정말로 뭘 다스릴까? "폐하, 질문 하나 드려도 될까요?"

"짐이 명하노니 질문을 하라." 왕은 서둘러 허락했다.

"폐하, 폐하는 무엇을 다스리나요?"

"모든 것을." 왕은 참으로 간단하게 대답했다.

"모든 것이라고요?"

왕은 손짓으로 그의 행성과 다른 행성, 그리고 눈에 보이는 모든 별들을 가리켰다.

"저것들 다요?" 하고 어린 왕자가 물었다.

"저것들 다." 왕이 대답했다.

왕의 통치권은 절대적일 뿐만 아니라 온 우주에 통했다.

"별들이 폐하께 복종한다고요?"

"물론, 즉각적으로 복종하지. 짐은 불복종을 허락하지 않으니까."

Such power was a thing for the little prince to marvel at. If he had been master of such complete authority, he would have been able to watch the sunset, not forty-four times in one day, but seventy-two, or even a hundred, or even two hundred times, without ever having to move his chair. And because he felt a bit sad as he remembered his little planet which he had forsaken, he plucked up his courage to ask the king a favor:

"I should like to see a sunset… Do me that kindness… Order the sun to set…"

"If I ordered a general to fly from one flower to another like a butterfly, or to write a tragic drama, or to change himself into a sea bird, and if the general did not carry out the order that he had received, which one of us would be in the wrong?" the king demanded. "The general, or myself?"

You," said the little prince firmly.

"Exactly. One must require from each one the duty which each one can perform," the king went on. "Accepted authority rests first of all on reason. If you ordered your people to go and throw themselves into the sea, they would rise up in revolution. I have the right to require obedience because my orders are reasonable."

이런 능력에 어린 왕자는 감탄했다. 이런 완전한 권한을 가진다면 해 지는 광경을 앉은 자리에서 움직이지도 않고 하루에 마흔네 번뿐 아니라 일흔두 번 아니 백 번, 이백 번까지도 볼 수 있을 것이었다. 어린 왕자는 버리고 온 자신의 작은 별 생각에 약간 슬퍼졌지만 조금 용기를 내 왕에게 부탁했다.

　"해 지는 광경을 보고 싶어요. 부탁인데, 해가 지도록 명령해 주세요."

　"짐이 장군에게 나비처럼 이 꽃에서 저 꽃으로 날아가라고 명령한다거나 비극 한 편을 쓰라고 한다거나 바닷새로 변하라고 한다면, 그래서 장군이 내 명령을 수행하지 못한다면 둘 중에 누가 잘못한 것이냐? 장군이냐 아니면 짐이냐?" 하고 왕이 물었다.

　"폐하요." 어린 왕자가 단호하게 대답했다.

　"그렇지. 사람이 제각기 할 수 있는 임무를 요구해야 하는 법이다. 권위란 첫째로 이성에 기초해야 하지. 만일 백성에게 바다에 몸을 던지라고 한다면 백성들이 들고 일어날 것이다. 짐은 합리적인 명령을 내리므로 복종을 요구할 권리가 있는 것이다."

"Then my sunset?" the little prince reminded him: for he never forgot a question once he had asked it.

"You shall have your sunset. I shall command it. But, according to my science of government, I shall wait until conditions are favorable."

"When will that be?" inquired the little prince.

"Hum! Hum!" replied the king; and before saying anything else he consulted a bulky almanac. "Hum! Hum! That will be about--about--that will be this evening about twenty minutes to eight. And you will see how well I am obeyed!"

The little prince yawned. He was regretting his lost sunset. And then, too, he was already beginning to be a little bored.

"I have nothing more to do here," he said to the king. "So I shall set out on my way again."

"Do not go," said the king, who was very proud of having a subject. "Do not go. I will make you a Minister!"

"Minister of what?"

"Minster of--of Justice!"

"But there is nobody here to judge!"

"We do not know that," the king said to him. "I have not yet made a complete tour of my kingdom. I am very old. There is no room here for a carriage. And it tires me to walk."

"그러면 해 지는 거는요?" 한번 한 질문은 절대 잊는 법이 없는 어린 왕자가 아까 얘기를 꺼냈다.

"해 지는 광경을 보여 주겠다. 짐이 해가 질 것을 명령할 것이다. 그러나 짐의 통치 방식에 따라 조건이 갖춰지기까지 기다려야 한다."

"언제 조건이 갖춰져요?" 어린 왕자가 물었다.

"어험! 어험!" 왕은 두꺼운 책력을 찾아본 다음 입을 열었다. "어험! 어험! 그게 대략 오늘 저녁 일곱 시 사십 분 경이 될 것이다. 그때가 되면 짐의 명령이 얼마나 잘 진행되는지 보게 될 것이다!"

어린 왕자는 하품을 했다. 그는 해 지는 광경을 놓친 게 서운하고 아쉬웠다. 그리고 또, 벌써 지루해지기 시작했다.

"나는 여기서 더 할 일이 없네요. 그러니 다시 길을 떠나겠어요." 하고 왕에게 말했다.

"가지 말거라." 신하를 두게 되어 매우 자랑스러웠던 왕이 반대했다. "가지 말거라. 널 대신으로 삼아 주겠다!"

"무슨 대신이요?"

"음… 사법 대신이다!"

"하지만 여기에는 잘잘못을 가릴 사람이 아무도 없는 걸요!"

"그건 모르는 일이다. 짐이 아직 왕국을 다 둘러보지 못했으니까. 짐은 나이가 아주 많은데 이곳에는 마차를 둘 공간이 없다. 걸어서 둘러보기에는 짐이 너무 피곤하고."

"Oh, but I have looked already!" said the little prince, turning around to give one more glance to the other side of the planet. On that side, as on this, there was nobody at all···

"Then you shall judge yourself," the king answered. "that is the most difficult thing of all. It is much more difficult to judge oneself than to judge others. If you succeed in judging yourself rightly, then you are indeed a man of true wisdom."

"Yes," said the little prince, "but I can judge myself anywhere. I do not need to live on this planet."

"Hum! Hum!" said the king. "I have good reason to believe that somewhere on my planet there is an old rat. I hear him at night. You can judge this old rat. From time to time you will condemn him to death. Thus his life will depend on your justice. But you will pardon him on each occasion; for he must be treated thriftily. He is the only one we have."

"I," replied the little prince, "do not like to condemn anyone to death. And now I think I will go on my way."

"No," said the king.

But the little prince, having now completed his preparations for departure, had no wish to grieve the old monarch.

"오, 제가 이미 다 봤어요!" 어린 왕자가 별의 다른 쪽을 한 번 더 둘러보고 나서 말했다. 그들이 있는 곳과 마찬가지로 다른 쪽에도 아무도 없었다.

"그렇다면 네 자신을 심판해라. 그게 가장 어려운 일이다. 다른 사람을 판단하는 것보다 자신을 판단하기가 훨씬 어려운 법이지. 만일 네가 네 자신을 옳게 판단할 수 있다면, 그때 너는 진정으로 지혜로운 사람이 되는 거다."

"그래요. 하지만 저는 어디서든 제 자신을 판단할 수 있어요. 꼭 이 별에서 살 필요는 없는 걸요."

"어험! 어험! 이 별 어딘가에 늙은 쥐 한 마리가 살고 있는 게 분명하다. 밤이면 소리가 나니까. 너는 그 늙은 쥐를 심판하라. 이따금씩 쥐에게 사형을 선고하라. 그러면 쥐의 목숨이 네 판단에 달려 있게 된다. 하지만 매번 쥐를 용서하라. 왜냐하면 쥐의 목숨을 아껴야 하기 때문이다. 그 쥐가 이 별의 유일한 백성이니 말이다."

"저는 누구에게든 사형 선고를 내리고 싶지 않아요. 이제 저는 떠나야겠어요."

"안 된다." 왕이 단호히 말했다.

어린 왕자는 떠날 준비를 마쳤지만 늙은 군주를 슬프게 하고 싶지 않았다.

"If Your Majesty wishes to be promptly obeyed," he said, "he should be able to give me a reasonable order. He should be able, for example, to order me to be gone by the end of one minute. It seems to me that conditions are favorable…"

As the king made no answer, the little prince hesitated a moment. Then, with a sigh, he took his leave.

"I make you my Ambassador," the king called out, hastily.

He had a magnificent air of authority.

"The grown-ups are very strange," the little prince said to himself, as he continued on his journey.

XI

The second planet was inhabited by a conceited man.

"Ah! Ah! I am about to receive a visit from an admirer!" he exclaimed from afar, when he first saw the little prince coming.

For, to conceited men, all other men are admirers.

"Good morning," said the little prince. "That is a queer hat you are wearing."

"폐하의 명령이 지체 없이 이행되기를 원하신다면 제게 합리적인 명령을 내려 주시는 게 좋겠어요. 예를 들면, 제게 일 분 내로 떠나가라고 명령해 주시면 좋겠습니다. 그 조건이 갖춰진 것 같아서요."

왕이 아무 대답도 안 하자 어린 왕자는 잠시 망설였다. 이내 한숨을 내쉬며 작별을 고했다.

그때 "너를 짐의 대사로 임명한다." 하고 왕이 급하게 소리쳤다.

대단히 위엄 있는 표정이었다.

'어른들은 아주 이상해!' 어린 왕자는 길을 가며 생각했다.

11

두 번째 별에는 자만심 많은 사람이 살고 있었다.

"하! 하! 나의 숭배자가 찾아왔군!" 그 남자는 어린 왕자가 오는 모습이 멀리서 보이자마자 소리쳤다.

자만하는 남자에게 다른 사람들은 모두 자신의 숭배자였던 것이다.

"안녕하세요." 어린 왕자가 인사했다. "모자가 참 특이하네요."

"It is a hat for salutes," the conceited man replied. "It is to raise in salute when people acclaim me. Unfortunately, nobody at all ever passes this way."

"Yes?" said the little prince, who did not understand what the conceited man was talking about.

"Clap your hands, one against the other," the conceited man now directed him.

The little prince clapped his hands. The conceited man raised his hat in a modest salute.

"This is more entertaining than the visit to the king," the little prince said to himself.
And he began again to clap his hands, one against the other. The conceited man again raised his hat in salute.

After five minutes of this exercise the little prince grew tired of the game's monotony.

"And what should one do to make the hat come down?" he asked.

But the conceited man did not hear him. Conceited people never hear anything but praise.

"Do you really admire me very much?" he demanded of the little prince.

"What does that mean--'admire'?"

"인사용 모자란다." 자만하는 남자가 대답했다. "사람들이 환호하면 모자를 들어 답례하지. 불행히도 이곳에 왔다 간 사람이 아무도 없지만 말이다."

"네?" 어린 왕자는 남자의 말이 무슨 뜻인지 이해가 가지 않았다.

"손뼉을 마주 쳐 봐." 하고 자만심 많은 남자가 지시했다.

어린왕자는 손뼉을 쳤다. 자만하는 남자는 모자를 들어 올리며 기품 있게 답례했다.

'여긴 왕이 사는 별보다 더 재밌는 걸.' 어린 왕자는 생각했다.

어린 왕자는 다시 손뼉을 쳤고, 자만심 많은 남자는 다시 모자를 들어 올리며 답례했다.

이 단조로운 놀이를 5분쯤 하자 어린 왕자는 재미가 없어졌다.

"모자가 떨어지게 하려면 어떻게 해야 해요?" 하고 물었다.

그러나 자만심 많은 남자는 듣지 못했다. 자만하는 사람들은 칭찬하는 소리 외에 다른 말은 듣지 못하기 때문이다.

"정말로 나를 그렇게 찬양하니?" 남자가 어린 왕자에게 물었다.

"찬양한다는 게 무슨 뜻인데요?"

"To admire means that you regard me as the handsomest, the best-dressed, the richest, and the most intelligent man on this planet."

"But you are the only man on your planet!"

"Do me this kindness. Admire me just the same."

"I admire you," said the little prince, shrugging his shoulders slightly, "but what is there in that to interest you so much?"

And the little prince went away.

"The grown-ups are certainly very odd," he said to himself, as he continued on his journey.

XII

The next planet was inhabited by a tippler. This was a very short visit, but it plunged the little prince into deep dejection.

"What are you doing there?" he said to the tippler, whom he found settled down in silence before a collection of empty bottles and also a collection of full bottles.

"I am drinking," replied the tippler, with a lugubrious air.

"찬양한다는 건, 네가 나를 이 별에서 가장 잘 생기고 옷을 제일 잘 입으며 제일 부자에다 제일 영리하다고 여기는 거란다."

"이 별에는 아저씨밖에 없잖아요!"

"날 친절하게 대해 주렴. 어쨌든 날 찬양해 주렴."

"아저씨를 찬양해요." 어린 왕자는 어깨를 살짝 으쓱하면서 대꾸했다. "그런데 그렇게 하면 아저씨한테 무슨 이익이 있어요?"

어린 왕자는 길을 떠났다.

'어른들은 정말이지 아주 이상해!' 어린 왕자는 길을 가면서 생각했다.

12

그다음 별에는 술꾼이 살았다. 이번 방문은 아주 잠깐이었음에도 어린 왕자는 크게 낙심되었다.

"뭐하고 있어요?" 어린 왕자가 술꾼에게 물었다. 그는 빈 술병 한 무더기와 술이 가득 든 술병 또 한 무더기 앞에 말없이 앉아 있었다.

"술 마시고 있단다." 술꾼이 침울하게 대답했다.

"Why are you drinking?" demanded the little prince.

"So that I may forget," replied the tippler.

"Forget what?" inquired the little prince, who already was sorry for him.

"Forget that I am ashamed," the tippler confessed, hanging his head.

"Ashamed of what?" insisted the little prince, who wanted to help him.

"Ashamed of drinking!" The tippler brought his speech to an end, and shut himself up in an impregnable silence.

And the little prince went away, puzzled.

"The grown-ups are certainly very, very odd," he said to himself, as he continued on his journey.

XIII

The fourth planet belonged to a businessman. This man was so much occupied that he did not even raise his head at the little prince's arrival.

"Good morning," the little prince said to him. "Your cigarette has gone out."

"왜 술을 마셔요?" 어린 왕자가 물었다.

"잊으려고." 술꾼이 대답했다.

"뭘 잊으려고요?" 어린 왕자는 술꾼이 가엾게 생각되었다.

"창피한 걸 잊으려고." 술꾼은 고개를 푹 숙이며 고백했다.

"뭐가 창피한데요?" 어린 왕자는 그를 돕고 싶었다.

"술 마시는 게 창피해!" 술꾼은 이 말을 끝으로 입을 꼭 다물어 버렸다.

어린 왕자는 어리둥절해하며 길을 떠났다.

'어른들은 정말이지 너무 너무 이상해.' 어린 왕자는 길을 가며 생각했다.

13

네 번째 별에는 사업가가 살았다. 사업가는 뭔가에 푹 빠져서 어린 왕자가 와도 고개조차 들 겨를이 없었다.

"안녕하세요." 어린 왕자가 인사했다. "담뱃불이 꺼졌어요."

"Three and two make five. Five and seven make twelve. Twelve and three make fifteen. Good morning. FIfteen and seven make twenty-two. Twenty-two and six make twenty-eight. I haven't time to light it again. Twenty-six and five make thirty-one. Phew! Then that makes five-hundred-and-one million, six-hundred-twenty-two-thousand,seven-hundred-thirty-one."

"Five hundred million what?" asked the little prince.

"Eh? Are you still there? Five-hundred-and-one million--I can't stop⋯ I have so much to do! I am concerned with matters of consequence. I don't amuse myself with balderdash. Two and five make seven⋯"

"Five-hundred-and-one million what?" repeated the little prince, who never in his life had let go of a question once he had asked it.

The businessman raised his head.

"During the fifty-four years that I have inhabited this planet, I have been disturbed only three times. The first time was twenty-two years ago, when some giddy goose fell from goodness knows where. He made the most frightful noise that resounded all over the place, and I made four mistakes in my addition.

"셋에 둘이면 오. 오에 칠이면 십이. 십이에 셋이면 십오. 안녕. 십오에 칠이면 이십이. 이십이에 육이면 이십팔. 다시 불붙일 틈이 없단다. 이십육에 오면 삼십일. 휴우! 총 오억일 백만 육십이만이천 칠백삼십일이군."

"뭐가 오억일백만이에요?" 어린 왕자가 물었다.

"어? 아직 있었냐? 오억일백만… 방해하지 마라… 난 할 일이 너무 많아! 중요한 문제를 다루고 있거든. 허튼소리 하면서 노닥거릴 시간이 없어. 이에 오면 칠…"

"뭐가 오억일백만이에요?" 한번 물은 것은 꼭 대답을 듣고야 마는 어린 왕자가 또 물었다.

사업가가 고개를 들었다.

"나는 이 별에서 오십사 년을 사는 동안 딱 세 번 방해를 받았다. 처음 한 번은 이십이 년 전 난데없이 풍뎅이 한 마리가 떨어졌을 때야. 녀석이 어찌나 시끄럽게 붕붕대던지, 내가 덧셈에서 네 군데나 틀렸어.

The second time, eleven years ago, I was disturbed by an attack of rheumatism. I don't get enough exercise. I have no time for loafing. The third time--well, this is it! I was saying, then, five-hundred-and-one millions--"

"Millions of what?"

The businessman suddenly realized that there was no hope of being left in peace until he answered this question.

"Millions of those little objects," he said, "which one sometimes sees in the sky."

"Flies?"

"Oh, no. Little glittering objects."

"Bees?"

"Oh, no. Little golden objects that set lazy men to idle dreaming. As for me, I am concerned with matters of consequence. There is no time for idle dreaming in my life."

"Ah! You mean the stars?"

"Yes, that's it. The stars."

"And what do you do with five-hundred millions of stars?"

"Five-hundred-and-one million, six-hundred-twenty-two thousand, seven-hundred-thirty-one. I am concerned with matters of consequence: I am accurate."

두 번째는 십일 년 전 류머티즘이 발병해서였어. 나는 운동이 부족해. 빈둥거릴 시간이 없거든. 세 번째는, 바로 지금이야. 가만 있자, 오억일백만이었으니까…"

"뭐가 말이에요?"

사업가는 대답을 해주기 전에는 어린 왕자가 자신을 놔줄 가망이 없겠다는 사실을 불현듯 깨달았다.

"가끔씩 하늘에 보이는 저 작은 물체들 말이다."

"파리 말이에요?"

"아니. 반짝이는 작은 거 말이야."

"벌이요?"

"아니. 게으름뱅이들을 한가하게 꿈이나 꾸게 만드는 금빛 도는 작은 것들. 나야 중요한 일을 하고, 평생 한가하게 꿈꿀 틈이 없다만 말이다."

"아! 별 말이군요?"

"그래. 그거. 별들."

"오억 개의 별을 가지고 뭘 하세요?"

"오억 일백만 육십이만이천 칠백삼십일 개야. 나는 중요한 일을 하고, 정확하지."

"And what do you do with these stars?"

"What do I do with them?"

"Yes."

"Nothing. I own them."

"You own the stars?"

"Yes."

"But I have already seen a king who--"

"Kings do not own, they reign over. It is a very different matter."

"And what good does it do you to own the stars?"

"It does me the good of making me rich."

"And what good does it do you to be rich?"

"It makes it possible for me to buy more stars, if any are discovered."

"This man," the little prince said to himself, "reasons a little like my poor tippler…"

Nevertheless, he still had some more questions.

"How is it possible for one to own the stars?"

"To whom do they belong?" the businessman retorted, peevishly.

"I don't know. To nobody."

"Then they belong to me, because I was the first person to think of it."

"Is that all that is necessary?"

"그 별들로 뭘 하세요?"

"그걸로 뭘 하냐고?"

"네."

"아무것도. 별들을 소유하지."

"별들을 소유한다고요?"

"그래."

"제가 본 어떤 왕이 이미…"

"왕들은 소유하지 않아. 다스리지. 둘은 아주 다른 거란다."

"별들을 소유하는 게 아저씨한테 무슨 소용이 있는데요?"

"부자가 되는 데 소용이 있지."

"부자가 돼서 무슨 소용이 있는데요?"

"별들이 더 나오면 그 별들을 살 수 있게 해주지."

'이 아저씨는 아까 만난 가엾은 술꾼 아저씨랑 비슷하게 말한다.' 하고 어린 왕자는 생각했다.

그래도 어린 왕자는 몇 가지 질문을 더 했다.

"어떻게 하면 별을 소유할 수 있어요?"

"별들은 누구의 것이지?" 하고 사업가는 짜증을 내며 되물었다.

"몰라요. 누구의 것도 아니겠죠."

"그렇다면 그건 내 거야. 내가 그걸 제일 먼저 생각한 사람이니까."

"그러면 다 돼요?"

"Certainly. When you find a diamond that belongs to nobody, it is yours. When you discover an island that belongs to nobody, it is yours. When you get an idea before any one else, you take out a patent on it: it is yours. So with me: I own the stars, because nobody else before me ever thought of owning them."

"Yes, that is true," said the little prince. "And what do you do with them?"

"I administer them," replied the businessman. "I count them and recount them. It is difficult. But I am a man who is naturally interested in matters of consequence."

The little prince was still not satisfied.

"If I owned a silk scarf," he said, "I could put it around my neck and take it away with me. If I owned a flower, I could pluck that flower and take it away with me. But you cannot pluck the stars from heaven···"

"No. But I can put them in the bank."

"Whatever does that mean?"

"That means that I write the number of my stars on a little paper. And then I put this paper in a drawer and lock it with a key."

"And that is all?"

"물론이지. 네가 임자 없는 다이아몬드를 발견하면 그건 네 거야. 임자 없는 섬을 발견하면 그것도 네 거지. 아무도 하지 않은 생각을 하면 그것에 대해 특허를 내. 그럼 네 거야. 내게 도 마찬가지야. 별들을 소유한다는 생각을 내가 제일 먼저 했으니까 별들은 내 거야."

"네, 그렇네요. 그 별들을 가지고 뭘 해요?"

"별들을 관리해. 별들을 세고 또 세지. 그건 어려운 일이야. 그러나 난 선천적으로 중요한 일에 관심을 갖게 태어났어."

어린 왕자는 여전히 만족스럽지 않았다.

"만일 내가 실크 스카프를 하나 소유했다면 그걸 목에 두르고 다닐 수 있어요. 꽃을 하나 소유했다면 그걸 꺾어서 가지고 다닐 수 있어요. 하지만 하늘에 있는 별은 갖고 다닐 수도 없고…"

"그야 그렇지. 그러나 은행에 맡길 수는 있다."

"그게 무슨 말이에요?"

"조그만 종이에다 내 별들의 번호를 적는 거야. 그다음에 그 종이를 서랍에 넣고 열쇠로 잠그는 거지."

"그게 다예요?"

"That is enough," said the businessman.

"It is entertaining," thought the little prince. "It is rather poetic. But it is of no great consequence."

On matters of consequence, the little prince had ideas which were very different from those of the grown-ups.

"I myself own a flower," he continued his conversation with the businessman, "which I water every day. I own three volcanoes, which I clean out every week (for I also clean out the one that is extinct; one never knows). It is of some use to my volcanoes, and it is of some use to my flower, that I own them. But you are of no use to the stars…"

The businessman opened his mouth, but he found nothing to say in answer. And the little prince went away.

"The grown-ups are certainly altogether extraordinary," he said simply, talking to himself as he continued on his journey.

"그거면 충분하지." 하고 사업가가 말했다.

'이거 재미있네. 상당히 시적이야. 하지만 그리 중요한 일은 아니야.' 하고 어린 왕자는 생각했다.

중요한 일과 관련해, 어린 왕자는 어른들과 생각이 매우 달랐다.

"나는 꽃을 하나 갖고 있어요." 하고 어린 왕자는 사업가에게 말했다. "그 꽃에 날마다 물을 주죠. 세 개 있는 화산은 매주 청소해 줘요. (하나는 휴화산이지만 그것도 청소해 줘요. 어떻게 될지 모르는 일이잖아요.) 내가 화산들과 꽃을 소유하는 건 그것들에게 이익이 되기 때문이에요. 하지만 아저씨는 별들에게 아무 이익이 안 돼요."

사업가는 입을 열기는 했지만 대답할 말을 찾지 못했다. 어린 왕자는 그 별을 떠났다.

"어른들은 정말이지 완전 이상해." 어린 왕자는 길을 가며 혼자 말했다.

XIV

The fifth planet was very strange. It was the smallest of all. There was just enough room on it for a street lamp and a lamplighter. The little prince was not able to reach any explanation of the use of a street lamp and a lamplighter, somewhere in the heavens, on a planet which had no people, and not one house. But he said to himself, nevertheless:

"It may well be that this man is absurd. But he is not so absurd as the king, the conceited man, the businessman, and the tippler. For at least his work has some meaning. When he lights his street lamp, it is as if he brought one more star to life, or one flower. When he puts out his lamp, he sends the flower, or the star, to sleep. That is a beautiful occupation. And since it is beautiful, it is truly useful."

When he arrived on the planet he respectfully saluted the lamplighter.

"Good morning. Why have you just put out your lamp?"

"Those are the orders," replied the lamplighter. "Good morning."

"What are the orders?"

14

다섯 번째 별은 매우 이상했다. 어린 왕자가 가 본 별들 중에서 가장 작았다. 가로등 하나와 그것을 관리하는 가로등지기한 사람만으로도 공간이 가득 찰 정도의 크기였다. 어린 왕자는 사람도 집 한 채도 없는 이 별의 하늘 어디에 가로등과 가로등지기가 무슨 쓸모가 있는지 알 수가 없었다. 그래도 어린 왕자는 이렇게 생각했다.

'이 아저씨도 분명 엉뚱할지 몰라. 그래도 왕이나 자만하는 아저씨, 사업가, 술꾼 아저씨만큼 엉뚱하지는 않겠지. 적어도 이 아저씨가 하는 일은 의미가 있으니까. 가로등지기 아저씨가 가로등에 불을 밝히면 별 하나 또는 꽃 한 송이를 밝히는 것과 같아. 아저씨가 가로등 불을 끄면 별 또는 꽃은 잠이 들고. 이건 아름다운 일이야. 그리고 아름다우니까 정말 유익한 거야.'

어린 왕자는 별에 도착하자 가로등지기에게 공손하게 인사했다.

"안녕하세요. 조금 전에 왜 가로등을 껐어?"

"명령이야." 하고 가로등지기가 대답했다. "안녕."

"명령이 뭐야?"

"The orders are that I put out my lamp. Good evening."

And he lighted his lamp again.

"But why have you just lighted it again?"

"Those are the orders," replied the lamplighter.

"I do not understand," said the little prince.

"There is nothing to understand," said the lamplighter. "Orders are orders. Good morning."

And he put out his lamp. Then he mopped his forehead with a handkerchief decorated with red squares.

"I follow a terrible profession. In the old days it was reasonable. I put the lamp out in the morning, and in the evening I lighted it again. I had the rest of the day for relaxation and the rest of the night for sleep."

"And the orders have been changed since that time?"

"The orders have not been changed," said the lamplighter. "That is the tragedy! From year to year the planet has turned more rapidly and the orders have not been changed!"

"Then what?" asked the little prince.

"Then--the planet now makes a complete turn every minute, and I no longer have a single second for repose. Once every minute I have to light my lamp and put it out!"

"That is very funny! A day lasts only one minute, here where you live!"

"명령은 내가 가로등을 끄는 거야. 잘 자."

그러고서는 가로등을 다시 켰다.

"그런데 왜 또 가로등을 켰어?"

"명령이야." 가로등지기가 대답했다.

"이해가 안 가." 하고 어린 왕자가 말했다.

"이해할 건 없어. 명령은 그냥 명령이니까. 안녕."

그리고 또 가로등을 껐다.

그러고는 빨간 바둑판무늬가 그려진 손수건으로 이마를 훔쳤다.

"지독히도 힘든 일이야. 옛날에는 꽤 괜찮았지. 아침에 가로등을 켜고 저녁이면 다시 불을 껐어. 나머지 낮 시간에는 휴식을 취하고 밤 시간에는 잠을 잤지."

"그때 이후로 명령이 바뀌었어?"

"명령이 바뀌지 않았어." 가로등지기가 말했다. "바로 그게 비극이란다! 해가 갈수록 별은 점점 더 빨리 도는데 명령이 안 바뀌어서 문제란다!"

"그게 어째서?" 어린 왕자가 물었다.

"그게 말이다. 이제 별이 초마다 한 바퀴를 돌아. 그러면 내가 쉴 틈이 단 일 초도 없어지는 거란다. 일 분마다 가로등을 켰다가 다시 꺼야 하니까!"

"그거 아주 재밌네! 아저씨네 별에서는 하루가 일 분밖에 안 된다고!"

"It is not funny at all!" said the lamplighter. "While we have been talking together a month has gone by."

"A month?"

"Yes, a month. Thirty minutes. Thirty days. Good evening."

And he lighted his lamp again.

As the little prince watched him, he felt that he loved this lamplighter who was so faithful to his orders. He remembered the sunsets which he himself had gone to seek, in other days, merely by pulling up his chair; and he wanted to help his friend.

"You know," he said, "I can tell you a way you can rest whenever you want to···"

"I always want to rest," said the lamplighter.

For it is possible for a man to be faithful and lazy at the same time.

The little prince went on with his explanation:

"Your planet is so small that three strides will take you all the way around it. To be always in the sunshine, you need only walk along rather slowly. When you want to rest, you will walk--and the day will last as long as you like."

"That doesn't do me much good," said the lamplighter. "The one thing I love in life is to sleep."

"재밌을 거 하나 없단다! 우리가 얘기하는 사이 한 달이 흘러갔어."

"한 달?"

"그래, 한 달. 30분이니까 30일이지. 잘 자."

가로등지기는 다시 가로등을 켰다.

어린 왕자는 명령에 따라 아주 충실히 일하는 가로등지기 아저씨를 보고 있으니, 그가 아주 좋아졌다. 예전에 자신이 해지는 광경을 보려고 의자를 조금씩 당겨 앉곤 했던 일이 떠올랐다. 그리고 가로등지기 아저씨를 돕고 싶었다.

"있잖아. 아저씨가 쉬고 싶을 때마다 쉴 수 있는 방법을 알아."

"난 늘 쉬고 싶지." 가로등지기가 말했다.

사람은 성실하면서 동시에 게으름을 피우고 싶을 수가 있는 것이다.

어린 왕자가 설명했다.

"아저씨네 별은 세 걸음이면 다 둘러볼 수 있을 만큼 아주 작잖아. 그래서 항상 햇살 아래 있고 싶으면 천천히 걷기만 하면 돼. 쉬고 싶으면 그냥 걸어. 그러면 원하는 만큼 낮이 계속될 거야."

"그건 내게 별로 도움이 안 되는구나. 내가 제일 하고 싶은 건 단 하나, 자는 것뿐이란다."

"Then you're unlucky," said the little prince.

"I am unlucky," said the lamplighter. "Good morning."

And he put out his lamp.

"That man," said the little prince to himself, as he continued farther on his journey, "that man would be scorned by all the others: by the king, by the conceited man, by the tippler, by the businessman. Nevertheless he is the only one of them all who does not seem to me ridiculous. Perhaps that is because he is thinking of something else besides himself."

He breathed a sigh of regret, and said to himself, again:

"That man is the only one of them all whom I could have made my friend. But his planet is indeed too small. There is no room on it for two people…"

What the little prince did not dare confess was that he was sorry most of all to leave this planet, because it was blest every day with 1440 sunsets!

"그렇다면 운이 없네." 어린 왕자가 말했다.

"난 운이 없단다." 하고 가로등지기가 말했다. "안녕."

그러고는 다시 가로등을 껐다.

어린 왕자는 멀리 떠나면서 생각했다. '이 아저씨는 왕이나 자만심 많은 아저씨, 술꾼, 사업가 같은 다른 사람들한테 무시당하겠지. 그래도 내가 볼 때는 가로등지기 아저씨만 유일하게 우스꽝스럽지 않아. 이 아저씨만 자신이 아닌 다른 것을 생각하고 있잖아.'

어린 왕자는 아쉽다는 듯 한숨을 쉬었다.

'이 아저씨만이 내가 친구로 삼고 싶은 유일한 사람이었는데. 하지만 아저씨네 별은 진짜 너무 작다. 둘이 있을 자리도 없잖아.'

어린 왕자가 차마 고백하지 않았지만 그 별을 떠나기가 제일 아쉬웠던 이유가 있었다. 그건 그 별이 해 지는 광경을 날마다 천사백사십 번이나 볼 수 있는 축복받은 별이라는 점이었다.

XV

The sixth planet was ten times larger than the last one. It was inhabited by an old gentleman who wrote voluminous books.

"Oh, look! Here is an explorer!" he exclaimed to himself when he saw the little prince coming.

The little prince sat down on the table and panted a little. He had already traveled so much and so far!

"Where do you come from?" the old gentleman said to him.

"What is that big book?" said the little prince. "What are you doing?"

"I am a geographer," said the old gentleman.

"What is a geographer?" asked the little prince.

"A geographer is a scholar who knows the location of all the seas, rivers, towns, mountains, and deserts."

"That is very interesting," said the little prince. "Here at last is a man who has a real profession!" And he cast a look around him at the planet of the geographer. It was the most magnificent and stately planet that he had ever seen.

"Your planet is very beautiful," he said. "Has it any oceans?"

15

여섯 번째로 방문한 별은 지난 번 별보다 열 배는 더 컸다. 이 별에는 아주 커다란 책을 쓰고 있는 나이든 신사가 살았다.

"오! 탐험가가 왔다!" 신사가 어린 왕자를 보자 소리쳤다.

어린 왕자는 책상 앞에 앉아 가쁘게 몰아쉬던 숨을 골랐다. 벌써 굉장히 많은 곳을 다녔던 것이다!

"어디서 오는 길인가?" 노신사가 물었다.

"그 커다란 책은 뭐예요? 뭘 하고 계세요?"

"나는 지리학자란다." 노신사가 말했다.

"지리학자가 뭐예요?" 어린 왕자가 물었다.

"지리학자란 바다와 강, 마을, 산, 사막 들이 다 어디 있는 지 아는 학자란다."

"그거 정말 재미있겠어요." 어린 왕자가 말했다. "드디어 진짜 직업다운 직업을 가진 사람을 만났네요!" 어린 왕자는 지리학자가 사는 별을 둘러봤다. 지금까지 다녀 본 별들 중에서 가장 멋있고 웅대해 보였다.

"별이 참 아름다워요. 바다도 있나요?"

"I couldn't tell you," said the geographer.

"Ah!" The little prince was disappointed. "Has it any mountains?"

"I couldn't tell you," said the geographer.

"And towns, and rivers, and deserts?"

"I couldn't tell you that, either."

"But you are a geographer!"

"Exactly," the geographer said. "But I am not an explorer. I haven't a single explorer on my planet. It is not the geographer who goes out to count the towns, the rivers, the mountains, the seas, the oceans, and the deserts. The geographer is much too important to go loafing about. He does not leave his desk. But he receives the explorers in his study. He asks them questions, and he notes down what they recall of their travels. And if the recollections of any one among them seem interesting to him, the geographer orders an inquiry into that explorer's moral character."

"Why is that?"

"Because an explorer who told lies would bring disaster on the books of the geographer. So would an explorer who drank too much."

"Why is that?" asked the little prince.

"Because intoxicated men see double.

"그건 모르겠다." 지리학자가 말했다.

"아!" 어린 왕자는 실망스러웠다. "산은 있나요?"

"그것도 모르겠다."

"그러면 마을과 강과 사막은요?"

"그것도 모르지."

"지리학자라면서요!"

"그렇지. 그러나 탐험가는 아니란다. 나는 이 별을 탐험한 적이 한 번도 없다. 마을과 강, 산, 바다, 대양, 사막을 세며 다니는 건 지리학자가 아니니까. 지리학자는 너무 중요해서 빈둥거리며 다니지 않아. 책상 앞을 떠나지 않지. 대신 탐험가들의 얘기를 듣는다. 질문을 하고 그들이 여행에서 본 것들을 기록한단다. 탐험가들의 이야기 중에서 흥미로운 게 있으면, 그 탐험가의 됨됨이를 조사하고."

"그건 왜요?"

"탐험가가 거짓말을 하면 지리학자의 책에 큰 문제가 생기거든. 술을 너무 많이 먹는 탐험가도 마찬가지고."

"그건 또 왜요?" 어린 왕자가 물었다.

"술에 취한 사람은 뭐든 두 개로 보거든.

Then the geographer would note down two mountains in a place where there was only one."

"I know some one," said the little prince, "who would make a bad explorer."

"That is possible. Then, when the moral character of the explorer is shown to be good, an inquiry is ordered into his discovery."

"One goes to see it?"

"No. That would be too complicated. But one requires the explorer to furnish proofs. For example, if the discovery in question is that of a large mountain, one requires that large stones be brought back from it."

The geographer was suddenly stirred to excitement.

"But you--you come from far away! You are an explorer! You shall describe your planet to me!"

And, having opened his big register, the geographer sharpened his pencil. The recitals of explorers are put down first in pencil. One waits until the explorer has furnished proofs, before putting them down in ink.

"Well?" said the geographer expectantly.

"Oh, where I live," said the little prince, "it is not very interesting. It is all so small. I have three volcanoes. Two volcanoes are active and the other is extinct. But one never knows."

그러면 지리학자가 산이 하나밖에 없는데 두 개 있다고 적게 되잖아."

"그런 안 좋은 탐험가가 될 것 같은 사람을 하나 알아요." 하고 어린 왕자가 말했다.

"그럴 수 있지. 탐험가의 됨됨이가 좋게 판명되면, 그가 발견한 것에 대해 조사를 한단다."

"직접 가서 보나요?"

"아니, 그러면 너무 복잡해져. 탐험가에게 증거를 제시하라고 요구하면 돼. 가령 큰 산을 발견했다고 하면, 그곳에 있는 큰 돌들을 가져와 보라고 하는 거야."

지리학자는 갑자기 흥분했다.

"그런데, 너도 멀리서 왔겠구나! 너도 탐험가겠어! 네가 사는 별에 대해 얘기해 보렴!"

그러고는 커다란 기록부를 펼치고 연필을 깎았다. 탐험가들의 긴 설명은 먼저 연필로 기록된다. 그다음에 그들이 증거를 제시하고 나야 잉크로 기록된다.

"응?" 지리학자가 기대에 차서 재촉했다.

"음, 내가 사는 곳은 그리 흥미롭지 않아요. 아주 작은 별이죠. 화산이 셋 있는데, 둘은 활화산이고 나머지 하나는 휴화산이에요. 그런데 어떻게 될지 알 수 없잖아요."

"One never knows," said the geographer.

"I have also a flower."

"We do not record flowers," said the geographer.

"Why is that? The flower is the most beautiful thing on my planet!"

"We do not record them," said the geographer, "because they are ephemeral."

"What does that mean--'ephemeral'?"

"Geographies," said the geographer, "are the books which, of all books, are most concerned with matters of consequence. They never become old-fashioned. It is very rarely that a mountain changes its position. It is very rarely that an ocean empties itself of its waters. We write of eternal things."

"But extinct volcanoes may come to life again," the little prince interrupted. "What does that mean--'ephemeral'?"

"Whether volcanoes are extinct or alive, it comes to the same thing for us," said the geographer. "The thing that matters to us is the mountain. It does not change."

"But what does that mean--'ephemeral'?" repeated the little prince, who never in his life had let go of a question, once he had asked it.

"어떻게 될지 알 수 없지."

"그리고 꽃 한 송이도 있어요."

"꽃은 기록하지 않는다." 지리학자가 말했다.

"왜요? 꽃이야말로 내 별에서 가장 아름다운 것인데요!"

"덧없는 것들은 기록하지 않아."

"'덧없다'는 게 무슨 말이에요?"

"지리책은 책 가운데서도 가장 중요한 것들을 다루는 책이야. 절대로 진부해지지 않아. 산은 위치가 바뀌는 일이 거의 없어. 대양의 물이 마르는 법도 거의 없고. 우리 지리학자들은 영원한 것들만 기록한단다."

"하지만 휴화산이 다시 살아날 수도 있어요." 하고 어린 왕자는 지리학자의 말에 항변했다. "'영원한'이라는 게 무슨 말이에요?"

"화산이 꺼졌건 살았건, 그건 우리에겐 마찬가지다. 중요한 건 그게 산이라는 거야. 그건 변하지 않으니까."

"그런데 '덧없다'는 게 무슨 말이에요?"

한번 물은 것은 대답을 들을 때까지 물러서는 법이 없는 어린 왕자가 또 물었다.

"It means, 'which is in danger of speedy disappearance.'"

"Is my flower in danger of speedy disappearance?"

"Certainly it is."

"My flower is ephemeral," the little prince said to himself, "and she has only four thorns to defend herself against the world. And I have left her on my planet, all alone!"

That was his first moment of regret. But he took courage once more.

"What place would you advise me to visit now?" he asked.

"The planet Earth," replied the geographer. "It has a good reputation."

And the little prince went away, thinking of his flower.

XVI

So then the seventh planet was the Earth.

The Earth is not just an ordinary planet! One can count, there, 111 kings (not forgetting, to be sure, the Negro kings among them), 7000 geographers, 900,000 businessmen, 7,500,000 tipplers, 311,000,000 conceited men--that is to say, about 2,000,000,000 grown-ups.

"그건 '빨리 사라질 위험이 있다'는 뜻이다."

"내 꽃이 빨리 사라질 위험이 있어요?"

"물론이지."

'내 꽃은 덧없구나. 그리고 세상에 맞서 자신을 보호할 것이라고는 오로지 네 개의 가시밖에 없어. 그런 꽃을 별에 혼자 두고 떠나왔다니!' 어린 왕자는 생각했다.

처음으로 후회가 되었다. 그러나 다시 힘을 냈다.

"제가 어떤 곳에 가보기를 추천하시겠어요?" 하고 물었다.

"지구라는 별이 있다. 거기가 평판이 좋단다."

어린 왕자는 자신의 꽃을 생각하면서 길을 떠났다.

16

그래서 일곱 번째로 방문한 별이 지구였다.

지구는 그냥 흔한 별이 아니다! 지구에는 백열한 명의 왕(물론 흑인 왕들을 포함해서)과, 칠천 명의 지리학자, 구십만 명의 사업가, 칠백오십만 명의 술꾼, 삼억천백만 명의 자만심 많은 사람 등 이십억 명의 어른들이 살고 있다.

To give you an idea of the size of the Earth, I will tell you that before the invention of electricity it was necessary to maintain, over the whole of the six continents, a veritable army of 462,511 lamplighters for the street lamps.

Seen from a slight distance, that would make a splendid spectacle. The movements of this army would be regulated like those of the ballet in the opera. First would come the turn of the lamplighters of New Zealand and Australia. Having set their lamps alight, these would go off to sleep. Next, the lamplighters of China and Siberia would enter for their steps in the dance, and then they too would be waved back into the wings. After that would come the turn of the lamplighters of Russia and the Indies; then those of Africa and Europe; then those of South America; then those of North America. And never would they make a mistake in the order of their entry upon the stage. It would be magnificent.

Only the man who was in charge of the single lamp at the North Pole, and his colleague who was responsible for the single lamp at the South Pole--only these two would live free from toil and care: they would be busy twice a year.

지구의 크기가 얼마나 되는지 감을 잡을 수 있게 표현하자면 이렇다. 즉 전기가 발명되기 전 육대주 전체를 다 밝히려면 사십육만이천오백십일 명의 가로등지기가 있어야 했다.

약간 거리를 두고 보면 눈부신 광경이었을 것이다. 큰 무리의 사람들이 오페라 발레단처럼 질서정연하게 움직였을 것이다. 제일 먼저 뉴질랜드와 오스트리아의 가로등지기가 움직일 것이다. 그들은 가로등에 불을 켜고는 자러 간다. 다음으로 중국과 시베리아의 가로등지기가 무대로 등장한 다음, 곧 그들 역시 무대 끝으로 날아간다. 뒤이어 러시아와 인도의 가로등지기들의 차례가 된다. 그다음은 아프리카와 유럽의 가로등지기들의 차례다. 그다음은 남아메리카, 또 그다음은 북아메리카의 가로등지기들의 차례가 온다. 그들은 자신들이 무대에 나오는 순서를 절대로 틀리지 않는다. 참으로 아름다운 광경이었을 것이다.

각기 단 하나씩의 가로등을 지키는 북극과 남극의 가로등지기, 이 두 사람만이 수고와 애쓰는 일에서 자유로웠다. 일 년에 단 두 번만 일을 하면 되었을 테니까.

XVII

When one wishes to play the wit, he sometimes wanders a little from the truth. I have not been altogether honest in what I have told you about the lamplighters. And I realize that I run the risk of giving a false idea of our planet to those who do not know it. Men occupy a very small place upon the Earth. If the two billion inhabitants who people its surface were all to stand upright and somewhat crowded together, as they do for some big public assembly, they could easily be put into one public square twenty miles long and twenty miles wide. All humanity could be piled up on a small Pacific islet.

The grown-ups, to be sure, will not believe you when you tell them that. They imagine that they fill a great deal of space. They fancy themselves as important as the baobabs. You should advise them, then, to make their own calculations. They adore figures, and that will please them. But do not waste your time on this extra task. It is unnecessary. You have, I know, confidence in me.

When the little prince arrived on the Earth, he was very much surprised not to see any people. He was beginning to be afraid he had come to the wrong planet, when a coil of gold, the color of the moonlight, flashed across the sand.

17

재치 있게 말하려다가 때로 사실에서 약간 벗어나는 경우가 있다. 나는 가로등지기에 대해서 말하면서 완전히 정직하지는 못했다. 우리의 별, 지구에 대해서 모르는 사람들에게 잘못된 생각을 심어줄 위험이 있었다. 인간은 지구에서 매우 작은 공간을 차지한다. 지구 표면에 사는 20억의 인구가, 대규모 집회 때처럼, 모두 다닥다닥 붙어 선다면 길이와 넓이가 각기 이십 마일인 광장 안에 모두 다 넉넉히 들어갈 수 있다. 온 인류를 태평양의 아주 작은 섬 하나에 포개 넣을 수도 있을 것이다.

어른들은 분명 이런 사실을 말하면 믿지 않을 것이다. 자신들이 상당히 큰 공간을 차지한다고 생각하니까. 자신들이 바오밥 나무처럼 중요하다고 자부한다. 그러면 어른들에게 한번 계산해 보라고 권하는 게 좋다. 그들은 숫자를 좋아하니까, 흡족해 할 것이다. 그러나 여러분은 필요 외의 작업을 하느라 시간을 낭비하지 마라. 그럴 필요가 없다. 내 말을 믿어도 된다.

지구에 도착한 어린 왕자는 사람이 한 명도 보이지 않아 몹시 놀랐다. 다른 별에 잘못 온 것이 아닌가 하고 슬슬 걱정이 되려는 순간 달빛과 같은 금빛의 고리 하나가 모래 위에서 번쩍였다.

"Good evening," said the little prince courteously.

"Good evening," said the snake.

"What planet is this on which I have come down?" asked the little prince.

"This is the Earth; this is Africa," the snake answered.

"Ah! Then there are no people on the Earth?"

"This is the desert. There are no people in the desert. The Earth is large," said the snake.

The little prince sat down on a stone, and raised his eyes toward the sky. "I wonder," he said, "whether the stars are set alight in heaven so that one day each one of us may find his own again… Look at my planet. It is right there above us. But how far away it is!"

"It is beautiful," the snake said. "What has brought you here?"

"I have been having some trouble with a flower," said the little prince.

"Ah!" said the snake. And they were both silent.

Where are the men?" the little prince at last took up the conversation again. "It is a little lonely in the desert…"

"It is also lonely among men," the snake said.

The little prince gazed at him for a long time.

You are a funny animal," he said at last. "You are no thicker than a finger…"

"안녕." 하고 어린 왕자가 다정하게 인사했다.

"안녕." 뱀이 대답했다.

"내가 도착한 여기는 어느 별이니?" 어린 왕자가 물었다.

"여기는 지구야. 아프리카 대륙이지." 뱀이 대답했다.

"아! 그럼 지구에는 사람이 없니?"

"여긴 사막이야. 사막에는 사람이 없어. 지구는 아주 넓은 곳이거든."

어린 왕자는 돌 위에 앉아서 눈을 들어 하늘을 보았다.

"나는 하늘의 별들이," 하고 입을 열었다. "우리가 언젠가 자신의 별을 다시 찾을 수 있게 불을 밝히는 것은 아닌지 궁금해…. 내 별을 봐. 바로 우리 위에 있어. 하지만 어쩜 저렇게 멀까!"

"아름다운 별이구나." 뱀이 말했다. "여기는 왜 왔니?"

"어떤 꽃하고 문제가 좀 있었어."

"아!"

그들은 둘 다 말이 없었다.

"사람들은 다 어디에 있어?" 이윽고 어린 왕자가 다시 대화를 시작했다. "사막은 조금 외롭다…."

"사람들 사이에 있어도 외로워." 뱀이 대꾸했다.

어린 왕자는 뱀을 한동안 가만히 바라봤다.

"너는 재미있게 생긴 동물이구나. 손가락처럼 가느다랗고…." 이윽고 어린 왕자가 말했다.

"But I am more powerful than the finger of a king," said the snake.

The little prince smiled.

"You are not very powerful. You haven't even any feet. You cannot even travel…"

"I can carry you farther than any ship could take you," said the snake.

He twined himself around the little prince's ankle, like a golden bracelet.

"Whomever I touch, I send back to the earth from whence he came," the snake spoke again. "But you are innocent and true, and you come from a star…"

The little prince made no reply.

"You move me to pity--you are so weak on this Earth made of granite," the snake said. "I can help you, some day, if you grow too homesick for your own planet. I can--"

"Oh! I understand you very well," said the little prince. "But why do you always speak in riddles?"

"I solve them all," said the snake.

And they were both silent.

"이래 봬도 난 왕의 손가락보다도 더 세."

어린 왕자는 미소를 지었다.

"별로 안 세 보이는데. 발도 없잖아. 여행도 못 할 거면서…"

"난 너를 어떤 배보다도 더 멀리 데려갈 수 있어." 뱀이 말했다. 그리고 어린 왕자의 발목을 휘감자, 마치 금색 발찌 같았다.

"내가 건드리는 사람은 누구든 그가 나왔던 땅으로 돌아가게 돼. 하지만 넌 순수하고 진실해 보이고, 또 어떤 별에서 왔다고 하니…"

어린 왕자는 아무 말도 하지 않았다.

"넌 가엾어 보이는구나. 이 단단한 지구에서 아주 연약해 보여." 뱀이 말했다. "언제든 네 별이 몹시 그리워 병이 나면, 내가 도와줄게. 나는 말이야…"

"오! 네 말이 무슨 뜻인지 잘 알아. 그런데 너는 왜 항상 수수께끼 같은 말만 해?" 어린 왕자가 말했다.

"나는 그 수수께끼를 다 풀어줄 수 있어." 뱀이 말했다.

그러고 나서 둘은 다 잠잠히 있었다.

XVIII

The little prince crossed the desert and met with only one flower. It was a flower with three petals, a flower of no account at all.

"Good morning," said the little prince.

"Good morning," said the flower.

"Where are the men?" the little prince asked, politely.

The flower had once seen a caravan passing.

"Men?" she echoed. "I think there are six or seven of them in existence. I saw them, several years ago. But one never knows where to find them. The wind blows them away. They have no roots, and that makes their life very difficult."

"Goodbye," said the little prince.

"Goodbye," said the flower.

18

어린 왕자는 사막을 가로질러 갔지만 오로지 꽃 한 송이밖에 만나지 못했다. 꽃잎이 세 장뿐이고 특별한 게 전혀 없는 꽃이었다.

"안녕." 어린 왕자가 말했다.

"안녕." 꽃이 대답했다.

"사람들은 어디 있어요?" 어린 왕자가 예의 바르게 물었다.

이 꽃은 대상(隊商)이 지나가는 것을 한 번 본 적이 있었다.

"사람들?" 꽃이 되물었다. "사람들이라면 예닐곱 정도 있는 것 같아. 여러 해 전에 그들을 봤거든. 하지만 어디 가야 찾을 수 있는지는 모르겠어. 바람이 그들을 데려가거든. 사람들은 뿌리가 없어서, 사는 게 아주 힘들어."

"잘 있어." 어린 왕자가 말했다.

"잘 가." 꽃이 말했다.

XIX

After that, the little prince climbed a high mountain. The only mountains he had ever known were the three volcanoes, which came up to his knees. And he used the extinct volcano as a footstool. "From a mountain as high as this one," he said to himself, "I shall be able to see the whole planet at one glance, and all the people…"

But he saw nothing, save peaks of rock that were sharpened like needles.

"Good morning," he said courteously.

"Good morning--Good morning--Good morning," answered the echo.

"Who are you?" said the little prince.

"Who are you--Who are you--Who are you?" answered the echo.

"Be my friends. I am all alone," he said.

"I am all alone--all alone--all alone," answered the echo.

"What a queer planet!" he thought. "It is altogether dry, and altogether pointed, and altogether harsh and forbidding. And the people have no imagination. They repeat whatever one says to them… On my planet I had a flower; she always was the first to speak…"

19

그 후 어린 왕자는 높은 산에 올라갔다. 그가 아는 산이라고는 고작 무릎까지밖에 안 오는 화산 세 개가 다였다. 휴화산은 발을 얹는 받침대로 쓰곤 했다. '이렇게 높은 산에 올라오니, 별 전체와 사람들을 한눈에 볼 수 있겠어.' 그러나 바늘 끝처럼 뾰족한 바위산들 말고는 아무것도 보이지 않았다.

"안녕." 어린 왕자가 예의바르게 인사했다.

"안녕… 안녕… 안녕." 메아리가 대답했다.

"너는 누구니?" 어린 왕자가 물었다.

"너는 누구니… 너는 누구니… 너는 누구니?" 메아리가 대답했다.

"내 친구가 돼줘. 난 너무 외로워." 어린 왕자가 말했다.

"난 너무 외로워… 외로워." 메아리가 대답했다.

'참 이상한 별이군!' 어린 왕자는 생각했다. '죄다 메마르고 죄다 뾰족하고 죄다 거칠고 험해. 그리고 사람들은 상상력이 없어…. 내가 한 말을 따라하기만 해. 내가 사는 별의 꽃은 언제나 먼저 말을 걸곤 했는데….'

XX

But it happened that after walking for a long time through sand, and rocks, and snow, the little prince at last came upon a road. And all roads lead to the abodes of men.

"Good morning," he said.

He was standing before a garden, all abloom with roses.

"Good morning," said the roses.

The little prince gazed at them. They all looked like his flower.

"Who are you?" he demanded, thunderstruck.

"We are roses," the roses said.

And he was overcome with sadness. His flower had told him that she was the only one of her kind in all the universe. And here were five thousand of them, all alike, in one single garden!

"She would be very much annoyed," he said to himself, "if she should see that⋯ She would cough most dreadfully, and she would pretend that she was dying, to avoid being laughed at. And I should be obliged to pretend that I was nursing her back to life--for if I did not do that, to humble myself also, she would really allow herself to die⋯"

20

어린 왕자는 모래와 바위들과 눈 속을 한참 동안 걸어가서 마침내 길을 발견했다. 모든 길은 사람들이 사는 곳으로 나 있는 법이다.

"안녕." 어린 왕자가 말했다.

어린 왕자는 장미꽃들이 활짝 핀 정원 앞에 이르렀다.

"안녕." 장미꽃들이 대답했다.

어린 왕자는 장미꽃들을 유심히 바라봤다. 꽃들이 모두 그의 별에 두고 온 꽃과 닮아 보였다.

"너희는 누구니?" 어린 왕자가 깜짝 놀라 물었다.

"우리는 장미꽃이야."

어린 왕자는 슬픔이 밀려오는 것을 느꼈다. 어린 왕자의 꽃은 자신과 같은 종류의 꽃은 온 우주에서 자기 하나밖에 없다고 말했었다. 그런데 이 정원 한 곳에 똑같은 꽃들이 오천 송이나 있었다!

'내 꽃이 이것을 보면 몹시 속상할 거야.' 어린 왕자는 생각했다. '비웃음 당하지 않으려고 기침을 마구 해대고, 죽어 가는 척할 거야. 그러면 나는 그녀를 회복시키기 위해 간호하는 척해야 할 거야. 내가 그렇게 하지 않으면 그녀는 나를 꺾기 위해서 정말로 죽어 버릴지도 모르니까.'

Then he went on with his reflections: "I thought that I was rich, with a flower that was unique in all the world; and all I had was a common rose. A common rose, and three volcanoes that come up to my knees--and one of them perhaps extinct forever⋯ That doesn't make me a very great prince⋯"

And he lay down in the grass and cried.

어린 왕자는 이런 생각도 들었다. '나는 세상에서 단 하나밖에 없는 꽃을 가진 부자라고 생각했는데, 그 꽃은 흔한 장미꽃들 중의 하나였어. 흔한 장미꽃 한 송이와 내 무릎까지밖에 안오는 화산 세 개, 게다가 그중 하나는 아주 꺼져버렸는지도 모를 휴화산이고…. 그 정도 가지고는 그리 대단한 왕자가 되지 못한다.'

그래서 어린 왕자는 풀밭에 엎드려 울었다.

XXI

It was then that the fox appeared.

"Good morning," said the fox.

"Good morning," the little prince responded politely, although when he turned around he saw nothing.

"I am right here," the voice said, "under the apple tree."

"Who are you?" asked the little prince, and added, "You are very pretty to look at."

"I am a fox," the fox said.

"Come and play with me," proposed the little prince. "I am so unhappy."

"I cannot play with you," the fox said. "I am not tamed."

"Ah! Please excuse me," said the little prince.

But, after some thought, he added:

"What does that mean--'tame'?"

"You do not live here," said the fox. "What is it that you are looking for?"

"I am looking for men," said the little prince. "What does that mean--'tame'?"

"Men," said the fox. "They have guns, and they hunt. It is very disturbing. They also raise chickens. These are their only interests. Are you looking for chickens?"

21

여우가 나타난 건 바로 그때였다.

"안녕." 여우가 말했다.

"안녕." 어린 왕자가 예의바르게 대답하고 주위를 둘러봤지만 아무도 보이지 않았다.

"여기야, 사과나무 밑." 목소리가 들렸다.

"넌 누구니?" 어린 왕자가 물었다. 그러고 나서 덧붙였다. "참 예쁘게 생겼구나."

"난 여우야." 여우가 말했다.

"나랑 놀자." 어린 왕자가 청했다. "난 너무나 슬퍼."

"난 너랑 놀 수 없어. 길들여지지 않았거든."

"아! 미안해."

"'길들이다'는 게 무슨 뜻이야?"

"너 여기 애가 아니구나. 뭘 찾고 있니?"

"사람들을 찾고 있어. '길들이다'는 게 무슨 뜻이야?"

"사람들이라. 사람들은 총을 갖고 다니면서 사냥을 해. 그건 아주 불안한 일이지. 사람들은 또 닭을 길러. 그게 사람들의 유일한 관심사야. 너도 닭을 찾고 있니?"

"No," said the little prince. "I am looking for friends. What does that mean--'tame'?"

"It is an act too often neglected," said the fox. "It means to establish ties."

"'To establish ties'?"

"Just that," said the fox. "To me, you are still nothing more than a little boy who is just like a hundred thousand other little boys. And I have no need of you. And you, on your part, have no need of me. To you, I am nothing more than a fox like a hundred thousand other foxes. But if you tame me, then we shall need each other. To me, you will be unique in all the world. To you, I shall be unique in all the world..."

"I am beginning to understand," said the little prince. "There is a flower... I think that she has tamed me..."

"It is possible," said the fox. "On the Earth one sees all sorts of things."

"Oh, but this is not on the Earth!" said the little prince.

The fox seemed perplexed, and very curious.

"On another planet?"

"Yes."

"Are there hunters on that planet?"

"No."

"아니." 어린 왕자가 말했다. "나는 친구를 찾고 있어. '길들이다'는 게 무슨 뜻이야?"

"너무도 많이 소홀히 여겨지는 건데, 관계를 맺는다는 뜻이야."

"'관계를 맺는다'고?"

"그래. 내게 너는 아직은 수많은 사내아이들 중 하나에 불과해. 네가 필요하지 않지. 그리고 너에게도 나는 필요하지 않아. 네게 나는 수많은 여우들 중 하나에 불과해. 그러나 네가 날 길들이면 우리는 서로에게 필요하게 돼. 나에게 너는 세상에서 단 하나뿐인 존재가 되고, 너에게 나는 세상에서 단 하나뿐인 존재가 되지."

"조금 알 것 같아. 꽃 한 송이가 있는데, 그 꽃이 날 길들인 것 같아."

"그럴 수 있지. 지구에서는 별의별 일이 다 있으니까."

"그건 지구에서의 일이 아니야!" 어린 왕자가 말했다.

여우는 어리둥절하고 무척 호기심이 발동하는 듯했다.

"그럼 다른 별?"

"응."

"그 별에도 사냥꾼들이 있니?"

"아니."

"Ah, that is interesting! Are there chickens?"

"No."

"Nothing is perfect," sighed the fox.

But he came back to his idea.

"My life is very monotonous," the fox said. "I hunt chickens; men hunt me. All the chickens are just alike, and all the men are just alike. And, in consequence, I am a little bored. But if you tame me, it will be as if the sun came to shine on my life. I shall know the sound of a step that will be different from all the others. Other steps send me hurrying back underneath the ground. Yours will call me, like music, out of my burrow. And then look: you see the grain-fields down yonder? I do not eat bread. Wheat is of no use to me. The wheat fields have nothing to say to me. And that is sad. But you have hair that is the color of gold. Think how wonderful that will be when you have tamed me! The grain, which is also golden, will bring me back the thought of you. And I shall love to listen to the wind in the wheat…"

The fox gazed at the little prince, for a long time.

"Please--tame me!" he said.

"I want to, very much," the little prince replied. "But I have not much time. I have friends to discover, and a great many things to understand."

"오! 흥미롭네! 닭들도 있니?"

"아니."

"완전한 건 없다니까." 여우는 한숨을 쉬었다.

여우는 하던 이야기를 마저 했다.

"내 삶은 아주 단조로워. 나는 닭을 사냥하고 사람들은 나를 사냥해. 닭들은 전부 다 똑같고, 사람들도 다 똑같아. 그래서 나는 좀 지루해. 하지만 네가 날 길들인다면, 내 삶이 해가 비치듯 환해질 거야. 다른 발소리들과 구별되는 한 가지 발소리를 알게 될 거야. 다른 발소리가 나면 나는 급히 땅 밑으로 숨어. 그러나 네 발소리는 마치 음악 소리처럼 나를 굴에서 나오게 만들 거야. 그리고 봐봐. 저 밀밭 보이지? 나는 밀을 먹지 않아. 밀은 내게 쓸모가 없어. 밀밭은 내게 아무 의미가 없어. 그건 슬픈 일이야. 하지만 네 머리카락이 금빛이야. 네가 날 길들이면 얼마나 멋질지 생각해 봐! 네 머리카락과 같은 금빛인 밀밭을 보면 네 생각이 날 거야. 그러면 나는 밀밭을 스치는 바람 소리도 사랑하게 될 거야…."

여우는 한참 동안 어린 왕자를 바라봤다.

"부탁이야. 날 길들여줘!" 여우가 말했다.

"나도 몹시 그러고 싶어." 어린 왕자가 대꾸했다. "하지만 나는 시간이 별로 없어. 찾아야 할 친구들이 있고, 이해해야 할 것도 아주 많거든."

"One only understands the things that one tames," said the fox. "Men have no more time to understand anything. They buy things all ready made at the shops. But there is no shop anywhere where one can buy friendship, and so men have no friends any more. If you want a friend, tame me…"

"What must I do, to tame you?" asked the little prince.

"You must be very patient," replied the fox. "First you will sit down at a little distance from me--like that--in the grass. I shall look at you out of the corner of my eye, and you will say nothing. Words are the source of misunderstandings. But you will sit a little closer to me, every day…"

The next day the little prince came back.

"누구든 자기가 길들인 것만 이해할 수 있어." 여우가 말했다. "사람들은 이제 뭔가를 이해할 시간이 없어. 가게에서 다 만들어진 것들만 사니까. 그런데 우정을 살 수 있는 가게는 없어. 그래서 사람들에게 이제 더는 친구가 없는 거야. 너도 친구를 원한다면 날 길들여 줘…"

"널 길들이려면 어떻게 해야 돼?" 어린 왕자가 물었다.

"참을성이 아주 많아야 하지." 여우가 대답했다. "처음에는 나랑 조금 떨어져서 앉아. 그래, 거기 풀밭에. 내가 곁눈으로 널 볼 텐데, 넌 아무 말도 하지 마. 말은 오해를 낳기 딱 좋거든. 그러나 날마다 조금씩, 내 옆으로 좀 더 가까이 다가앉아."

다음 날 어린 왕자가 다시 왔다.

"It would have been better to come back at the same hour," said the fox. "If, for example, you come at four o'clock in the afternoon, then at three o'clock I shall begin to be happy. I shall feel happier and happier as the hour advances. At four o'clock, I shall already be worrying and jumping about. I shall show you how happy I am! But if you come at just any time, I shall never know at what hour my heart is to be ready to greet you... One must observe the proper rites..."

"What is a rite?" asked the little prince.

"Those also are actions too often neglected," said the fox. "They are what make one day different from other days, one hour from other hours. There is a rite, for example, among my hunters. Every Thursday they dance with the village girls. So Thursday is a wonderful day for me! I can take a walk as far as the vineyards. But if the hunters danced at just any time, every day would be like every other day, and I should never have any vacation at all."

So the little prince tamed the fox. And when the hour of his departure drew near--

"Ah," said the fox, "I shall cry."

"It is your own fault," said the little prince. "I never wished you any sort of harm; but you wanted me to tame you..."

"같은 시간에 왔으면 더 좋았을 걸." 여우가 말했다. "가령 네가 오후 네 시에 온다면 나는 세 시부터 행복할 거야. 그리고 시간이 네 시에 가까워질수록 더욱더 행복해하다가, 딱 네 시가 되면 몸을 들썩이며 안달할 거야. 내 모습이 얼마나 행복해 보이겠어! 그런데 네가 시간을 정하지 않고 아무 때나 온다면, 나는 몇 시에 널 맞을 마음의 준비를 해야 할지 모르겠지. 그래서 적절한 의식을 따라야 해."

"의식이 뭐야?" 어린 왕자가 물었다.

"그것도 사람들이 자주 소홀히 하는 거야." 여우가 말했다. "그건 어느 날을 다른 날과, 어느 시간을 다른 시간과 달리 특별하게 만드는 거야. 예를 들면 사냥꾼들에게도 의식이 있어. 목요일이면 사냥꾼들은 마을 아가씨들과 춤을 춰. 그래서 목요일은 내게 아주 신나는 날이야! 포도밭까지 산보를 나갈 수 있으니까. 그런데 사냥꾼들이 날을 정하지 않고 아무 때나 춤을 춘다면, 모든 날이 다 똑같을 거고, 나는 단 하루도 쉬지 못할 거야."

이렇게 해서 어린 왕자는 여우를 길들였다. 그리고 어린 왕자가 떠나야 할 시간이 다가왔다.

"아아!" 여우가 말했다. "나 울음이 나올 것 같아."

"네 잘못이야." 어린 왕자가 말했다. "나는 널 조금도 아프게 하고 싶지 않았어. 그런데 네가 길들여 달라고 했잖아…."

"Yes, that is so," said the fox.

"But now you are going to cry!" said the little prince.

"Yes, that is so," said the fox.

"Then it has done you no good at all!"

"It has done me good," said the fox, "because of the color of the wheat fields." And then he added:

"Go and look again at the roses. You will understand now that yours is unique in all the world. Then come back to say goodbye to me, and I will make you a present of a secret."

The little prince went away, to look again at the roses.

"You are not at all like my rose," he said. "As yet you are nothing. No one has tamed you, and you have tamed no one. You are like my fox when I first knew him. He was only a fox like a hundred thousand other foxes. But I have made him my friend, and now he is unique in all the world."

And the roses were very much embarassed.

"You are beautiful, but you are empty," he went on. "One could not die for you. To be sure, an ordinary passerby would think that my rose looked just like you--the rose that belongs to me. But in herself alone she is more important than all the hundreds of you other roses:

"그래, 그랬지." 여우가 말했다.

"그런데 지금 너 울려고 하잖아!"

"그래, 그러네."

"그렇다면 네게 이익이 된 게 하나도 없잖아!"

"이익이 된 게 있어." 여우가 말했다. "밀밭 색깔이 있잖아." 그리고 이렇게 덧붙였다.

"가서 장미꽃들을 다시 봐봐. 이제 네 장미꽃이 세상에서 단 하나뿐이라는 걸 알 거야. 내게 작별 인사를 하러 다시 오면 선물로 비밀을 하나 알려줄게."

어린 왕자는 장미꽃들을 다시 보러 갔다.

"너희는 내 장미꽃과 하나도 안 닮았어." 어린 왕자가 말했다. "아직은 내게 아무것도 아니지. 아무도 너희를 길들이지 않았고, 너희 역시 아무도 길들이지 않았어. 내가 처음 만났을 때의 여우와 같아. 그는 수많은 다른 여우들 중의 하나일 뿐이었어. 그런데 내가 그 여우를 내 친구로 만들었으니, 이제 그는 세상에서 단 하나뿐인 여우가 되었어."

장미꽃들은 몹시 어리둥절했다.

"너희는 예쁘지만 속이 텅 비었어." 어린 왕자가 계속 말했다. "아무도 너희를 위해 죽지 않아. 물론 평범한 행인은 내 장미꽃을 너희와 비슷하다고 생각할지도 몰라. 그러나 내 장미꽃 하나가 수많은 너희들 전부보다 훨씬 중요해.

because it is she that I have watered; because it is she that I have put under the glass globe; because it is she that I have sheltered behind the screen; because it is for her that I have killed the caterpillars (except the two or three that we saved to become butterflies); because it is she that I have listened to, when she grumbled, or boasted, or ever sometimes when she said nothing. Because she is my rose."

And he went back to meet the fox.

"Goodbye," he said.

"Goodbye," said the fox. "And now here is my secret, a very simple secret: It is only with the heart that one can see rightly; what is essential is invisible to the eye."

"What is essential is invisible to the eye," the little prince repeated, so that he would be sure to remember.

"It is the time you have wasted for your rose that makes your rose so important."

"It is the time I have wasted for my rose--" said the little prince, so that he would be sure to remember.

"Men have forgotten this truth," said the fox. "But you must not forget it. You become responsible, forever, for what you have tamed. You are responsible for your rose…"

"I am responsible for my rose," the little prince repeated, so that he would be sure to remember.

왜냐하면 오로지 그 꽃만이 내가 직접 물을 주고 둥근 유리 덮개로 덮어 주고 바람막이로 가려 주고 애벌레들을 잡아 준 (나비가 되게 남겨 둔 두세 마리만 빼고) 꽃이기 때문이야. 오직 그 꽃에게만, 그녀가 불평을 하건 자랑을 하건 때로 아무 말 안 하건, 내가 귀 기울였으니까. 바로 내 장미꽃이니까."

어린 왕자는 다시 여우에게 갔다.

"잘 있어." 어린 왕자가 말했다.

"잘 가." 여우가 말했다. "이제 비밀을 알려줄게. 아주 간단해. 그건 오직 마음으로만 바로 볼 수 있다는 거야. 중요한 것은 눈에 보이지 않아."

"중요한 것은 눈에 보이지 않아." 어린 왕자는 잊지 않기 위해서 되뇌었다.

"네 장미꽃이 그토록 소중하게 된 것은 네가 장미꽃을 위해 들인 시간 때문이야."

"내가 장미꽃을 위해 들인 시간 때문이야." 어린 왕자는 잊지 않기 위해서 되뇌었다.

"사람들은 이 진실을 잊어 버렸어." 여우가 말했다. "그러나 너는 잊으면 안 돼. 너는 네가 길들인 것에 대해 영원히 책임이 있어. 네 장미꽃에 대해 책임이 있어…"

"나는 내 장미꽃에 대해 책임이 있어." 어린 왕자는 잊지 않으려고 되뇌었다.

XXII

"Good morning," said the little prince.

"Good morning", said the railway switchman.

"What do you do here?" the little prince asked.

"I sort out travelers, in bundles of a thousand", said the switchman. "I send off the trains that carry them: now to the right, now to the left."

And a brilliantly lighted express train shook the switchman's cabin as it rushed by with a roar like thunder.

"They are in a great hurry," said the little prince. "What are they looking for?"

"Not even the locomotive engineer knows that," said the switchman.

And a second brilliantly lighted express thundered by, in the opposite direction.

"Are they coming back already?" demanded the little prince.

"These are not the same ones," said the switchman. "It is an exchange."

"Were they not satisfied where they were?" asked the little prince.

"No one is ever satisfied where he is," said the switchman.

22

"안녕." 어린 왕자가 말했다.

"안녕." 철도원이 말했다.

"여기서 뭐 하고 있어?" 어린 왕자가 물었다.

"승객들을 천 명씩 그룹으로 나누고 있단다." 철도원이 말했다. "그런 다음 그들을 태운 기차들을 보내. 때로는 오른쪽으로, 때로는 왼쪽으로 말이야."

이때 환하게 불을 밝힌 급행열차가 천둥소리를 내며 달려와 철도 조종실을 흔들었다.

"무척 바쁜가 봐." 어린 왕자가 말했다. "저 사람들은 뭘 찾고 있어?"

"그건 기관사도 모르지." 철도원이 말했다.

반대편에서 또 다른 급행열차가 환하게 불을 밝힌 채 천둥치듯 요란한 소리를 내며 지나갔다.

"사람들이 벌써 돌아오는 거야?" 어린 왕자가 물었다.

"아까 그 사람들이 아니야." 철도원이 대답했다. "여기는 교차하는 지점이란다."

"사람들이 자기가 있는 곳이 마음에 안 든대?" 어린 왕자가 물었다.

"자신이 있는 곳에 만족하는 사람은 아무도 없어." 철도원이 말했다.

And they heard the roaring thunder of a third brilliantly lighted express.

"Are they pursuing the first travelers?" demanded the little prince.

"They are pursuing nothing at all," said the switchman. "They are asleep in there, or if they are not asleep they are yawning. Only the children are flattening their noses against the windowpanes."

"Only the children know what they are looking for," said the little prince. "They waste their time over a rag doll and it becomes very important to them; and if anybody takes it away from them, they cry⋯"

"They are lucky," the switchman said.

XXIII

"Good morning," said the little prince.

"Good morning," said the merchant.

This was a merchant who sold pills that had been invented to quench thirst. You need only swallow one pill a week, and you would feel no need of anything to drink.

"Why are you selling those?" asked the little prince.

세 번째 급행열차가 환하게 불을 밝힌 채 천둥소리를 내며 달려왔다.

"저 사람들은 첫 번째 열차에 탄 승객들을 쫓아가는 거야?" 어린 왕자가 물었다.

"아무것도 쫓아가지 않아." 철도원이 말했다. "열차 안에서 잠을 자거나 아니면 하품하고 있겠지. 오직 아이들만 코를 유리창에 바짝 붙이고 있을 거야."

"오직 아이들만이 자기가 뭘 찾고 있는지 알아." 어린 왕자가 말했다. "아이들은 헝겊 인형에 시간을 쏟고, 그래서 그게 아이들에게 아주 중요한 것이 돼. 그래서 그 인형을 뺏기면 울어 대는 거고⋯."

"아이들은 운이 좋구나." 철도원이 말했다.

23

"안녕." 어린 왕자가 말했다.

"안녕." 상인이 대꾸했다.

그는 갈증을 없애 주는 알약을 파는 상인이었다. 이 알약 한 알만 먹으면 일주일 동안 갈증을 느끼지 않게 된다.

"왜 그런 약을 팔아?" 어린 왕자가 물었다.

"Because they save a tremendous amount of time," said the merchant. "Computations have been made by experts. With these pills, you save fifty-three minutes in every week."

"And what do I do with those fifty-three minutes?"

"Anything you like…"

"As for me," said the little prince to himself, "if I had fifty-three minutes to spend as I liked, I should walk at my leisure toward a spring of fresh water."

XXIV

It was now the eighth day since I had had my accident in the desert, and I had listened to the story of the merchant as I was drinking the last drop of my water supply.

"엄청나게 많은 시간을 절약해 주니까. 전문가들이 계산해 봤는데, 이 약이 있으면 매주 오십삼 분을 절약할 수 있단다."

"그 오십삼 분을 가지고 뭘 해?"

"뭐든 네가 하고 싶은 거…."

어린 왕자는 생각했다. '나는 마음대로 쓸 수 있는 오십삼 분이 있다면 시원한 물이 솟는 샘까지 천천히 걸어가겠어.'

24

내가 사막에 불시착한 지 팔일 째 되는 날이었다. 나는 비축된 마지막 물 한 방울을 마시면서 그 상인의 이야기를 들었다.

"Ah," I said to the little prince, "these memories of yours are very charming; but I have not yet succeeded in repairing my plane; I have nothing more to drink; and I, too, should be very happy if I could walk at my leisure toward a spring of fresh water!"

"My friend the fox--" the little prince said to me.

"My dear little man, this is no longer a matter that has anything to do with the fox!"

"Why not?"

"Because I am about to die of thirst..."

He did not follow my reasoning, and he answered me:

"It is a good thing to have had a friend, even if one is about to die. I, for instance, am very glad to have had a fox as a friend..."

"He has no way of guessing the danger," I said to myself. "He has never been either hungry or thirsty. A little sunshine is all he needs..."

But he looked at me steadily, and replied to my thought:

"I am thirsty, too. Let us look for a well..."

I made a gesture of weariness. It is absurd to look for a well, at random, in the immensity of the desert. But nevertheless we started walking.

"아아! 네가 겪은 일들 얘기가 아주 재미있구나." 내가 어린 왕자에게 말을 건넸다. "그런데 난 아직 비행기를 다 고치지 못했고, 이제는 마실 물도 떨어졌어. 아저씨도 시원한 물이 솟는 샘까지 천천히 걸어갈 수 있다면 무척 행복하겠어!"

"내 친구 여우가…" 어린 왕자가 말했다.

"얘야, 이제 더는 여우 얘기를 할 때가 아니야!"

"왜?"

"내가 목말라 죽을 지경이니까…."

어린 왕자는 내 말을 이해하지 못한 듯 이렇게 대꾸했다.

"죽을 지경이라 해도, 친구를 갖는다는 건 좋은 일이야. 난 여우 친구가 있다는 게 아주 기뻐."

'얘는 위급한 상황이란 걸 짐작도 못하고 있어.' 나는 혼자 생각했다. '배고픈 적도 목마른 적도 없었나 봐. 그저 햇빛만 조금 있으면 다 되나 봐….'

그런데 그가 날 찬찬히 바라보더니 내 생각을 읽은 듯 대답했다.

"나도 목이 말라. 우리 우물을 찾으러 가자…."

나는 피곤하다는 몸짓을 해 보였다. 광막한 사막에서 무턱대고 우물을 찾아 나선다는 것은 어리석은 짓이었다. 그런데도 우리는 걷기 시작했다.

When we had trudged along for several hours, in silence, the darkness fell, and the stars began to come out. Thirst had made me a little feverish, and I looked at them as if I were in a dream. The little prince's last words came reeling back into my memory:

"Then you are thirsty, too?" I demanded.

But he did not reply to my question. He merely said to me:

"Water may also be good for the heart···"

I did not understand this answer, but I said nothing. I knew very well that it was impossible to cross-examine him.

He was tired. He sat down. I sat down beside him. And, after a little silence, he spoke again:

"The stars are beautiful, because of a flower that cannot be seen."

I replied, "Yes, that is so." And, without saying anything more, I looked across the ridges of sand that were stretched out before us in the moonlight.

"The desert is beautiful," the little prince added.

And that was true. I have always loved the desert. One sits down on a desert sand dune, sees nothing, hears nothing. Yet through the silence something throbs, and gleams···

몇 시간을 말없이 느릿느릿 걸어가자 어둠이 내리고 하늘에는 별들이 나오기 시작했다. 나는 갈증 때문에 약간 열에 들떠, 마치 꿈을 꾸듯 별들을 바라봤다. 어린 왕자의 마지막 말이 내 머릿속에서 춤을 추듯 떠올랐다.

"그러니까 너도 목이 마르다는 거지?" 내가 물었다.

어린 왕자는 내 물음에 대답하지 않고 그저 이렇게 말했다.

"물은 마음에도 좋을 수 있어."

나는 그 말뜻을 알 수 없었지만 더 말하지 않았다. 어린 왕자에게 자세히 되묻기란 불가능하다는 사실을 아주 잘 알았기 때문이다.

어린 왕자기 피곤해 하며 주저앉았다. 나도 그 옆에 앉았다. 잠시 침묵이 이어지다가 그가 다시 말했다.

"별들은 보이지 않는 꽃 한 송이 때문에 아름다워."

"그래, 맞는 말이야." 나는 더 말하지 않고 그저 달빛 아래 모래 위에 그려진 언덕과 골들을 말없이 바라봤다.

"사막은 아름다워." 어린 왕자가 덧붙였다.

그건 사실이었다. 나는 언제나 사막을 사랑했다. 사막의 모래언덕에 앉아 있으면 보이는 것도 들리는 것도 없다. 그러나 침묵 가운데서 뭔가가 고동치고 빛을 발한다.

"What makes the desert beautiful," said the little prince, "is that somewhere it hides a well…"

I was astonished by a sudden understanding of that mysterious radiation of the sands. When I was a little boy I lived in an old house, and legend told us that a treasure was buried there. To be sure, no one had ever known how to find it; perhaps no one had ever even looked for it. But it cast an enchantment over that house. My home was hiding a secret in the depths of its heart…

"Yes," I said to the little prince. "The house, the stars, the desert--what gives them their beauty is something that is invisible!"

"I am glad," he said, "that you agree with my fox."

As the little prince dropped off to sleep, I took him in my arms and set out walking once more. I felt deeply moved, and stirred. It seemed to me that I was carrying a very fragile treasure. It seemed to me, even, that there was nothing more fragile on all Earth. In the moonlight I looked at his pale forehead, his closed eyes, his locks of hair that trembled in the wind, and I said to myself: "What I see here is nothing but a shell. What is most important is invisible…"

"사막이 아름다운 건 어딘가에 우물을 감추고 있기 때문이야." 어린 왕자가 말했다.

나는 모래가 신비롭게 빛을 발하는 까닭을 불현듯 깨닫고는 깜짝 놀랐다. 어릴 적 오래된 집에서 살았는데, 그 집에 보물이 묻혀 있다는 전설이 내려왔다. 분명히 말하면 아무도 그 보물을 찾을 방법을 몰랐다. 아마 그걸 찾아보려고 한 사람도 없었을 것이다. 그러나 전설로 인해 집은 마법에 걸려 있는 듯했다. 그 깊숙한 곳에 비밀 하나를 감추고 있었으니까.

"그래. 집이든 별이든 사막이든, 그것을 아름답게 만드는 것은 눈에 보이지 않는 어떤 것이지!"

"아저씨가 내 친구 여우와 생각이 같아서 기뻐."

어린 왕자가 잠이 들어서 나는 그를 안고 다시 걷기 시작했다. 나는 가슴이 뭉클했고 마음이 흔들렸다. 아주 부서지기 쉬운 어떤 보물을 안고 있는 것 같았다. 세상에서 이보다 더 연약한 것은 없을 듯 싶었다. 달빛에 비친 창백한 이마와 감은 두 눈, 바람에 나부끼는 머리칼을 보면서 생각했다. '지금 내가 보는 건 껍데기에 불과해. 가장 중요한 건 눈에 보이지 않아.'

As his lips opened slightly with the suspicion of a half-smile, I said to myself, again: "What moves me so deeply, about this little prince who is sleeping here, is his loyalty to a flower--the image of a rose that shines through his whole being like the flame of a lamp, even when he is asleep…" And I felt him to be more fragile still. I felt the need of protecting him, as if he himself were a flame that might be extinguished by a little puff of wind…

And, as I walked on so, I found the well, at daybreak.

XXV

"Men," said the little prince, "set out on their way in express trains, but they do not know what they are looking for. Then they rush about, and get excited, and turn round and round…"

And he added: "It is not worth the trouble…"

The well that we had come to was not like the wells of the Sahara. The wells of the Sahara are mere holes dug in the sand. This one was like a well in a village. But there was no village here, and I thought I must be dreaming…

어린 왕자가 미소 짓듯 입술을 살짝 벌리고 있는 것을 보면서 나는 또 생각했다. '잠든 어린 왕자가 이렇게까지 내게 감동을 주는 것은 꽃 한 송이에 대한 변함없는 마음, 잠들어 있을 때조차 등불처럼 그의 온 존재를 빛나게 만드는 한 송이 장미꽃의 이미지 때문이다.' 그러자 어린 왕자가 더욱더 연약하게 느껴졌다. 가느다란 바람 한 점에도 꺼져 버릴 불꽃같아서 내가 보호해 줘야만 할 것 같았다.

그렇게 나는 계속 걸어가다가 동이 틀 무렵 우물을 발견했다.

25

"사람들은 급행열차에 올라 타 길을 떠나지만 자신이 뭘 찾고 있는지 몰라." 어린 왕자가 말했다. "그래서 분주하고 들떠서 제자리를 돌고 도는 거야…."

이어서 덧붙였다. "그럴 필요가 없는데…."

우리가 찾아낸 우물은 사하라의 여느 우물들과는 달랐다. 보통 사하라의 우물들은 모래를 파놓은 구덩이에 불과했다. 그러나 이것은 마을에 있는 우물들 같았다. 근처에는 마을이 없었기에 나는 꿈을 꾸는 게 아닌가 싶었다.

"It is strange," I said to the little prince. "Everything is ready for use: the pulley, the bucket, the rope···"

He laughed, touched the rope, and set the pulley to working. And the pulley moaned, like an old weathervane which the wind has long since forgotten. "Do you hear?" said the little prince. "We have wakened the well, and it is singing···"

I did not want him to tire himself with the rope.

"Leave it to me," I said. "It is too heavy for you."

I hoisted the bucket slowly to the edge of the well and set it there--happy, tired as I was, over my achievement. The song of the pulley was still in my ears, and I could see the sunlight shimmer in the still trembling water.

"I am thirsty for this water," said the little prince. "Give me some of it to drink···"

And I understood what he had been looking for.

I raised the bucket to his lips. He drank, his eyes closed. It was as sweet as some special festival treat. This water was indeed a different thing from ordinary nourishment. Its sweetness was born of the walk under the stars, the song of the pulley, the effort of my arms. It was good for the heart, like a present. When I was a little boy, the lights of the Christmas tree, the music of the Midnight Mass, the tenderness of smiling faces, used to make up, so, the radiance of the gifts I received.

"이상하다." 내가 어린 왕자에게 말했다. "모든 게 갖춰져 있어. 도르래며 두레박에 줄까지…."

어린 왕자는 웃으며 줄을 만지고 도르래를 돌렸다. 도르래가 마치 오래도록 바람에게 잊혔던 낡은 풍향계처럼 삐걱거렸다.

"들려?" 어린 왕자가 말했다. "우리가 우물을 깨웠어. 우물이 노래하잖아…."

나는 어린 왕자가 줄을 돌리느라 힘들게 만들고 싶지 않았다.

"아저씨가 할게. 네게는 너무 무거워."

나는 두레박을 천천히 끌어올려 우물 입구 언저리에 올려놓았다. 힘이 들기는 했지만 행복했다. 도르래의 노랫소리가 귓가에 울리고, 햇살이 출렁대는 물에서 일렁였다.

"이 물을 마시고 싶어." 어린 왕자가 말했다. "물을 조금 줘…."

나는 어린 왕자가 찾던 게 무엇인지 이제 이해했다.

두레박을 들어서 그의 입에 대 주었다. 어린 왕자는 눈을 감은 채 물을 마셨다. 이 물은 축제 때 먹는 특별 요리처럼 달콤했다. 정말이지 보통 음식과는 달랐다. 그 달콤함은 별빛 아래 걸어 와서 도르래의 노랫소리를 들으며 애써 팔을 움직인 데서 나왔다. 그것은 선물처럼 마음에 유익했다. 꼭 이와 같이, 내가 어릴 적 크리스마스트리의 불빛과 자정 미사의 음악, 미소 띤 다정한 얼굴들이, 받은 선물들을 빛나게 해주었었다.

"The men where you live," said the little prince, "raise five thousand roses in the same garden--and they do not find in it what they are looking for."

"They do not find it," I replied.

"And yet what they are looking for could be found in one single rose, or in a little water."

"Yes, that is true," I said.

And the little prince added:

"But the eyes are blind. One must look with the heart…"

I had drunk the water. I breathed easily. At sunrise the sand is the color of honey. And that honey color was making me happy, too. What brought me, then, this sense of grief?

"You must keep your promise," said the little prince, softly, as he sat down beside me once more.

"What promise?"

"You know--a muzzle for my sheep…I am responsible for this flower"

I took my rough drafts of drawings out of my pocket. The little prince looked them over, and laughed as he said: "Your baobabs--they look a little like cabbages."

"Oh!"

"아저씨가 사는 별의 사람들은" 어린 왕자가 말했다. "한 정원에다 오천 송이나 되는 장미들을 가꿔. 그렇지만 거기서 자기들이 찾는 것을 발견하지 못해."

"그래, 발견하지 못해." 내가 대답했다.

"그런데 그들이 찾는 것은 한 송이 장미에서 또는 물 한 모금에서 찾아낼 수 있는 거야."

"그래, 맞아."

어린 왕자가 말했다.

"그러나 눈에는 보이지 않아. 마음으로 봐야 해…."

나는 물을 마셨다. 숨쉬기가 편해졌다. 동이 틀 때면 모래는 꿀 빛깔이 된다. 이 꿀 빛깔도 나를 행복하게 해준다. 그런데 나는 무엇 때문에 슬펐던가?

"약속 지켜야 해." 어린 왕자가 내 옆에 와 앉더니 조용히 말했다.

"무슨 약속?"

"알잖아. 양에 씌울 부리망 말이야. 나는 그 꽃에 대해 책임이 있어."

나는 주머니에서 대강 그린 그림들을 꺼냈다. 어린 왕자는 그것들을 들여다보더니 까르르 웃었다.

"이 바오밥나무는 꼭 양배추 같이 생겼어."

"아아!"

I had been so proud of my baobabs!

"Your fox, his ears look a little like horns; and they are too long." And he laughed again.

"You are not fair, little prince," I said. "I don't know how to draw anything except boa constrictors from the outside and boa constrictors from the inside."

"Oh, that will be all right," he said, "children understand."

So then I made a pencil sketch of a muzzle. And as I gave it to him my heart was torn.

"You have plans that I do not know about," I said.

But he did not answer me. He said to me, instead:

"You know--my descent to the earth… Tomorrow will be its anniversary."

Then, after a silence, he went on:

"I came down very near here."

And he flushed.

And once again, without understanding why, I had a queer sense of sorrow. One question, however, occurred to me: "Then it was not by chance that on the morning when I first met you--a week ago--you were strolling along like that, all alone, a thousand miles from any inhabited region? You were on the your back to the place where you landed?"

나는 바오밥나무 그림에 대해서는 자신 있었는데!

"이 여우는 귀가 꼭 뿔 같고 또 너무 길어."

그리고서 어린 왕자는 또 웃었다.

"얘야, 너무하는구나." 내가 말했다. "나는 속이 안 보이는 보아뱀하고 보이는 보아뱀 말고는 그릴 줄 모른다고 했잖니."

"아, 괜찮아. 어린이는 다 아니까."

그래서 나는 연필로 부리망을 그렸다. 그 그림을 어린 왕자에게 줄 때 나는 가슴이 미어지는 듯했다.

"내가 모르는 무슨 계획이 있구나." 내가 말했다.

어린 왕자는 대답하지 않았다. 대신 이렇게 말했다.

"있잖아, 내가 지구별에 온 지… 내일이면 일 년이 돼."

그리고 잠시 말이 없더니 다시 입을 열었다.

"바로 이 근처에 떨어졌었어."

그러더니 얼굴을 붉혔다.

나는 이유도 모른 채 또 다시 이상하게 슬픔이 느껴졌다. 그러면서도 한 가지 의문이 떠올랐다.

"그러면 일주일 전 아침에 널 처음 만났을 때, 네가 사람 사는 곳에서 천 마일이나 떨어진 곳에서 혼자 그렇게 걷고 있던 게 우연이 아니었구나? 네가 떨어진 지점으로 돌아가던 길이었니?"

The little prince flushed again.

And I added, with some hesitancy:

"Perhaps it was because of the anniversary?"

The little prince flushed once more. He never answered questions--but when one flushes does that not mean "Yes"?

"Ah," I said to him, "I am a little frightened--"

But he interrupted me.

"Now you must work. You must return to your engine. I will be waiting for you here. Come back tomorrow evening…"

But I was not reassured. I remembered the fox. One runs the risk of weeping a little, if one lets himself be tamed…

XXVI

Beside the well there was the ruin of an old stone wall. When I came back from my work, the next evening, I saw from some distance away my little price sitting on top of a wall, with his feet dangling. And I heard him say:

"Then you don't remember. This is not the exact spot."

어린 왕자는 다시 얼굴을 붉혔다.

그래서 내가 조금 주저하면서 물었다.

"아마 일 년이 되어 그랬던 거니?"

어린 왕자는 또 다시 얼굴을 붉혔다. 어린 왕자는 질문에 대답하는 법이 없었다. 그러나 얼굴을 붉히는 건 '그렇다'는 뜻이 아닌가!

"아! 조금 두렵구나…."

이내 어린 왕자가 입을 열었다.

"아저씨는 이제 일을 해야 하잖아. 비행기로 돌아가야지. 나는 여기서 기다릴게. 내일 저녁에 다시 와…."

그러나 나는 마음이 놓이지 않았다. 여우의 말이 생각났다. 우리는 길들여지면 좀 울게 될지도 모른다.

26

우물 옆에는 무너진 옛 돌담이 있었다. 이튿날 저녁 나는 일을 마치고 그곳으로 돌아갔는데, 돌담 위에 앉아 다리를 달랑거리는 어린 왕자가 조금 멀리서부터 보였다. 그의 말소리도 들렸다.

"기억하지 못하는구나. 정확히 여기는 아니야."

Another voice must have answered him, for he replied to it: "Yes, yes! It is the right day, but this is not the place."

I continued my walk toward the wall. At no time did I see or hear anyone. The little prince, however, replied once again: "-Exactly. You will see where my track begins, in the sand. You have nothing to do but wait for me there. I shall be there tonight."

I was only twenty meters from the wall, and I still saw nothing.

After a silence the little prince spoke again:

"You have good poison? You are sure that it will not make me suffer too long?"

I stopped in my tracks, my heart torn asunder; but still I did not understand.

"Now go away," said the little prince. "I want to get down from the wall."

I dropped my eyes, then, to the foot of the wall--and I leaped into the air. There before me, facing the little prince, was one of those yellow snakes that take just thirty seconds to bring your life to an end. Even as I was digging into my pocked to get out my revolver I made a running step back. But, at the noise I made, the snake let himself flow easily across the sand like the dying spray of a fountain, and, in no apparent hurry, disappeared, with a light metallic sound, among the stones.

분명 다른 목소리가 대답한 듯 어린 왕자가 이어 말했다.

"그래, 맞아! 바로 오늘인데, 장소는 여기가 아니야."

나는 돌담을 향해 계속 걸어갔다. 아무도 보이지 않고 목소리도 들리지 않았다. 그런데 어린 왕자는 또 대꾸했다.

"맞아. 모래 위에 내 발자국이 시작되는 곳이 보일 거야. 거기서 기다리면 돼. 오늘 밤에 내가 거기로 갈게."

돌담까지 이십 미터밖에 안 남았지만 내게는 여전히 아무도 보이지 않았다. 잠시 조용하다가 어린 왕자가 다시 말했다.

"네 독은 좋은 거야? 너무 오래 아프게 하지 않을 자신 있지?"

나는 가슴이 터질 듯해 걸음을 멈췄다. 하지만 여전히 알 수가 없었다.

"이제 가." 어린 왕자가 말했다. "나, 담에서 내려갈 거야."

그제야 나는 돌담 밑을 내려다보고는 깜짝 놀라 펄쩍 뛰었다. 어린 왕자 앞에 있는 것은 단 삼십 초 만에 목숨을 앗아갈 수 있는 누런 뱀이었다. 나는 권총을 꺼내려 주머니를 뒤지며 달렸다. 그러나 내 소리에 뱀은 분수의 물살이 잦아들 듯 모래 위로 스르르 미끄러지더니, 서두르는 기색도 없이, 가벼운 금속성 소리를 내며 돌 틈으로 사라져 버렸다.

I reached the wall just in time to catch my little man in my arms; his face was white as snow.

"What does this mean?" I demanded. "Why are you talking with snakes?"

I had loosened the golden muffler that he always wore. I had moistened his temples, and had given him some water to drink. And now I did not dare ask him any more questions. He looked at me very gravely, and put his arms around my neck. I felt his heart beating like the heart of a dying bird, shot with someone's rifle···

"I am glad that you have found what was the matter with your engine," he said. "Now you can go back home--"

"How do you know about that?"

I was just coming to tell him that my work had been successful, beyond anything that I had dared to hope.

He made no answer to my question, but he added: "I, too, am going back home today···" Then, sadly "It is much farther, It is much more difficult···"

I realized clearly that something extraordinary was happening. I was holding him close in my arms as if he were a little child; and yet it seemed to me that he was rushing headlong toward an abyss from which I could do nothing to restrain him···

나는 때마침 돌담 밑에 이르러 어린 왕자를 품에 받아 안았다. 그의 얼굴은 눈처럼 하얬다.

"이게 무슨 일이니? 뱀하고 다 얘기를 하다니!"

나는 어린 왕자가 늘 하고 다니는 금빛 머플러를 느슨하게 풀어 주었다. 관자놀이에 물을 적셔 준 다음 물도 마시게 했다. 이제는 그에게 뭘 더 물을 엄두가 나지 않았다. 어린 왕자는 나를 심각하게 바라보더니 내 목에 팔을 감았다. 그의 심장이 마치 누가 쏜 총에 맞아 죽어 가는 새처럼 팔딱거리며 뛰는 것이 느껴졌다.

"아저씨가 비행기의 고장 난 곳을 고치게 돼서 기뻐. 이제 집으로 돌아갈 수 있겠네…."

"그건 어떻게 알았니?"

나는 기대도 못했는데 뜻밖에도 수리하는 데 성공했다는 사실을 알려 주러 온 참이었다.

어린 왕자는 물음에 답하지 않고 대신 이렇게 말했다.

"나도 오늘 집으로 돌아가…."

이어 서글프게 덧붙였다.

"아주 멀어… 가기도 훨씬 어렵고…."

나는 뭔가 심상치 않은 일이 일어나고 있음을 분명히 깨달았다. 그를 어린 아기 안 듯 꼭 껴안았다. 그렇지만 그는 내가 어떻게 막아볼 수도 없이 심연으로 곧장 곤두박질치는 것 같았다.

His look was very serious, like some one lost far away.

"I have your sheep. And I have the sheep's box. And I have the muzzle…"

And he gave me a sad smile.

I waited a long time. I could see that he was reviving little by little.

"Dear little man," I said to him, "you are afraid…"

He was afraid, there was no doubt about that. But he laughed lightly.

"I shall be much more afraid this evening…"

Once again I felt myself frozen by the sense of something irreparable. And I knew that I could not bear the thought of never hearing that laughter any more. For me, it was like a spring of fresh water in the desert.

"Little man," I said, "I want to hear you laugh again."

But he said to me:

"Tonight, it will be a year… My star, then, can be found right above the place where I came to the Earth, a year ago…"

"Little man," I said, "tell me that it is only a bad dream--this affair of the snake, and the meeting-place, and the star…"

그의 눈길은 매우 진지했고 아득히 먼 곳을 헤매는 듯했다.

"내게는 아저씨가 그려준 양이 있어. 그리고 양을 넣어두는 상자랑 부리망도…."

그리고 내게 서글픈 미소를 지어 보였다.

나는 한동안 기다렸다. 어린 왕자가 차츰 기운을 차리는 걸 볼 수 있었다.

내가 말했다.

"얘야, 무서웠구나…."

어린 왕자는 분명 무서웠다. 그러나 그는 살짝 웃었다.

"오늘 저녁에는 훨씬 더 무서울 텐데…."

또 한 번 나는 뭔가 돌이킬 수 없는 일이 벌어지고 있다는 느낌에 등골이 서늘해졌다. 그리고 어린 왕자의 웃음소리를 더는 들을 수 없다는 생각에 견딜 수가 없었다. 내게 그의 웃음소리는 사막에서 만나는 시원한 샘물과 같았다.

"얘야, 나는 네 웃음소리를 다시 듣고 싶어."

그러나 어린 왕자는 이렇게 말했다.

"오늘 밤이면 일 년이 돼… 그러면 내 별이 일 년 전 내가 지구에 떨어진 지점 바로 위에 오고…."

"얘야, 그 뱀이니 만날 장소니 별이니 하는 얘기는 그냥 다 나쁜 꿈이겠지…."

But he did not answer my plea. He said to me, instead: "The thing that is important is the thing that is not seen…"

"Yes, I know…"

"It is just as it is with the flower. If you love a flower that lives on a star, it is sweet to look at the sky at night. All the stars are a-bloom with flowers…"

"Yes, I know…"

"It is just as it is with the water. Because of the pulley, and the rope, what you gave me to drink was like music. You remember--how good it was."

"Yes, I know…"

"And at night you will look up at the stars. Where I live everything is so small that I cannot show you where my star is to be found. It is better, like that. My star will just be one of the stars, for you. And so you will love to watch all the stars in the heavens… they will all be your friends. And, besides, I am going to make you a present…"

He laughed again. "Ah, little prince, dear little prince! I love to hear that laughter!"

"That is my present. Just that. It will be as it was when we drank the water…"

"What are you trying to say?"

어린 왕자는 나의 애원에도 대답하지 않았다. 대신 이렇게 말했다.

"중요한 건 눈에 보이지 않아."

"그래, 알지…."

"꽃도 마찬가지야. 아저씨가 어느 별에 있는 꽃 한 송이를 사랑한다면 밤하늘을 쳐다보는 게 더 없이 달콤할 거야. 모든 별들이 다 꽃으로 피어날 테니까."

"물론이지…."

"물도 마찬가지야. 도르래와 줄 때문에 아저씨가 퍼 올려 내게 준 물은 꼭 음악 같았어. 얼마나 좋았었는지 기억하지?"

"그럼."

"밤이 되면 별들을 봐. 내가 사는 별은 너무 작아서 아저씨한테 가리켜 보일 수가 없어. 오히려 그게 잘됐어. 아저씨한테 내 별은 많은 별들 중에 그저 어느 하나가 될 테니 아저씨는 하늘의 모든 별들을 사랑하게 되잖아… 그 별들 모두가 아저씨의 친구가 되고. 참, 선물을 하나 줄게…."

그러고는 또 웃었다.

"아, 사랑스런 어린 왕자! 네 웃음소리가 너무나 듣기 좋구나!"

"바로 그게 내 선물이야. 우리가 마신 물도 마찬가지야."

"무슨 뜻이니?"

"All men have the stars," he answered, "but they are not the same things for different people. For some, who are travelers, the stars are guides. For others they are no more than little lights in the sky. For others, who are scholars, they are problems. For my businessman they were wealth. But all these stars are silent. You--you alone--will have the stars as no one else has them--"

"What are you trying to say?"

"In one of the stars I shall be living. In one of them I shall be laughing. And so it will be as if all the stars were laughing, when you look at the sky at night… You--only you--will have stars that can laugh!"

And he laughed again.

"And when your sorrow is comforted (time soothes all sorrows) you will be content that you have known me. You will always be my friend. You will want to laugh with me. And you will sometimes open your window, so, for that pleasure… And your friends will be properly astonished to see you laughing as you look up at the sky! Then you will say to them, 'Yes, the stars always make me laugh!' And they will think you are crazy. It will be a very shabby trick that I shall have played on you…"

"사람들은 다 별을 바라보지만 다 같지는 않아. 여행가들에게 별은 안내자이지만 다른 사람들에게는 하늘에 떠 있는 작은 빛들에 불과해. 학자들에게는 또 하나의 문제들이지. 내가 만났던 사업가에게는 부의 대상이고. 그러나 저 별들은 다 말이 없어. 오로지 아저씨만 다른 누구도 갖지 못한 별들을 갖게 될 거야…."

"무슨 뜻이니?"

"저 별들 중 하나에 내가 살잖아. 그곳에서 내가 웃을 거고. 그러면 아저씨가 밤하늘을 볼 때면 모든 별들이 다 웃고 있는 것처럼 보일 거야… 오직 아저씨만 웃을 줄 아는 별들을 갖게 되는 거야!"

그러고서 어린 왕자는 또 웃었다.

"그리고 슬픔이 가시고 나면(슬픔은 시간이 흐르면 다 가시니까) 날 알게 된 걸 기뻐하게 될 거야. 아저씨는 언제까지나 나의 친구야. 나와 함께 웃고 싶을 거야. 그래서 아저씨는 때때로 창문을 열겠지… 하늘을 보며 웃는 아저씨를 보고 아저씨의 친구들은 무척 놀랄 거야! 그러면 아저씨는 이렇게 말할 거야. '그래, 나는 별들을 보면 언제나 웃음이 나와!' 아저씨의 친구들은 아저씨가 미쳤다고 생각할 거야. 내가 아저씨를 되게 골탕 먹이는 셈이 되겠네…."

And he laughed again.

"It will be as if, in place of the stars, I had given you a great number of little bells that knew how to laugh…"

And he laughed again. Then he quickly became serious: "Tonight--you know… Do not come."

"I shall not leave you," I said.

"I shall look as if I were suffering. I shall look a little as if I were dying. It is like that. Do not come to see that. It is not worth the trouble…"

"I shall not leave you."

But he was worried.

"I tell you--it is also because of the snake. He must not bite you. Snakes--they are malicious creatures. This one might bite you just for fun…"

"I shall not leave you."

But a thought came to reassure him:

"It is true that they have no more poison for a second bite."

That night I did not see him set out on his way. He got away from me without making a sound. When I succeeded in catching up with him he was walking along with a quick and resolute step. He said to me merely: "Ah! You are there…"

그러고서 어린 왕자는 또 웃었다.

"마치 내가 별이 아니라 웃을 줄 아는 수많은 작은 종들을 준 거나 마찬가지가 될 거야…"

어린 왕자는 또 웃었다. 그러더니 이내 심각해졌다.

"오늘 밤에… 말인데… 오지 마."

"네 곁을 떠나지 않을 거야." 내가 말했다.

"내가 아픈 것처럼 보일 거야. 조금은 죽어 가는 것처럼. 그럴 거야. 그러니까 보러 오지 마. 올 필요 없어…"

"네 곁을 떠나지 않을 거야."

그러나 어린 왕자는 걱정하는 표정이었다.

"실은, 뱀 때문이기도 해. 뱀이 아저씨를 물면 안 되거든. 뱀은 못됐어. 그냥 재미로 물지도 모른단 말이야…"

"네 곁을 떠나지 않을 거야."

이내 어린 왕자는 무슨 생각이 떠올랐는지 안심했다.

"사실 두 번째로 물 때는 더 이상 독은 없어."

그날 밤 나는 어린 왕자가 길을 나서는 걸 보지 못했다. 그는 소리 없이 가 버렸다. 내가 뒤쫓아가보니 빠르고 단호한 걸음으로 걸어가고 있었다. 내게 그저 이렇게 말할 뿐이었다.

"아! 아저씨구나…"

And he took me by the hand. But he was still worrying.
"It was wrong of you to come. You will suffer. I shall
look as if I were dead; and that will not be true⋯"

I said nothing.

"You understand⋯ it is too far. I cannot carry this
body with me. It is too heavy."

I said nothing.

"But it will be like an old abandoned shell. There is
nothing sad about old shells⋯"

I said nothing.

He was a little discouraged. But he made one more
effort: "You know, it will be very nice. I, too, shall look
at the stars. All the stars will be wells with a rusty pulley.
All the stars will pour out fresh water for me to drink⋯"

I said nothing.

"That will be so amusing! You will have five
hundred million little bells, and I shall have five
hundred million springs of fresh water⋯"

And he too said nothing more, because he was
crying⋯ "Here it is. Let me go on by myself."

And he sat down, because he was afraid. Then he said,
again: "You know--my flower⋯I am responsible for her.
And she is so weak! She is so naive! She has four thorns,
of no use at all, to protect herself against all the world⋯"

어린 왕자는 내 손을 잡았다. 그러나 여전히 걱정했다.

"아저씨가 온 건 잘못이야. 마음이 아플 거야. 내가 죽은 것처럼 보이겠지만 정말로 죽는 건 아니야."

나는 아무 말도 하지 않았다.

"알겠지만⋯ 거기는 너무 멀어. 이 몸을 입을 채로 갈 수가 없어. 너무 무겁거든."

나는 아무 말도 하지 않았다.

"그건 단지 벗어 던진 낡은 껍데기에 불과해. 낡은 껍데기를 두고 슬퍼할 건 없어."

나는 아무 말도 하지 않았다.

어린 왕자는 약간 풀이 꺾였다. 그러나 이내 기운을 냈다.

"있잖아, 아주 멋질 거야. 나 역시 별들을 바라볼 거야. 별들이 녹슨 도르래가 있는 우물이 될 거야. 별들이 다 시원한 물을 부어 줄 거야⋯."

나는 아무 말도 하지 않았다.

"아주 재미있을 거야! 아저씨는 오억 개의 작은 종들을 갖게 되고, 나는 오억 개의 시원한 샘물을 갖게 될 테니까⋯."

그러고는 그도 더 말하지 않았다. 울고 있었던 것이다.

"다 왔어. 이제 나 혼자 가게 해줘."

그리고 어린 왕자는 주저앉았다. 두려웠던 것이다. 그가 다시 말했다. "있잖아⋯ 내 꽃⋯ 나는 그 꽃에 책임이 있어. 그 꽃은 너무나 연약해! 너무나 순진해! 세상에 맞서 자신을 보호할 것으로, 아무 소용 없는, 가시 네 개를 갖고 있을 뿐이야⋯."

I too sat down, because I was not able to stand up any longer.

"There now--that is all …"

He still hesitated a little; then he got up. He took one step. I could not move.

There was nothing but a flash of yellow close to his ankle. He remained motionless for an instant. He did not cry out. He fell as gently as a tree falls. There was not even any sound, because of the sand.

나도 그 자리에 주저앉았다. 더 이상 서 있을 수가 없었던 것이다.

"이제… 다 됐어…."

어린 왕자는 잠시 망설이다가 일어났다. 그가 한 발 내딛었다. 나는 움직일 수가 없었다.

그의 발목께에서 노란 빛이 한 번 반짝했을 뿐이다. 그는 한순간 움직이지 않고 그대로 있었다. 소리도 지르지 않았다. 한 그루의 나무처럼 천천히 쓰러졌다. 모래 바닥이라 아무 소리도 나지 않았다.

XXVII

And now six years have already gone by··· I have never yet told this story. The companions who met me on my return were well content to see me alive. I was sad, but I told them: "I am tired."

Now my sorrow is comforted a little. That is to say--not entirely. But I know that he did go back to his planet, because I did not find his body at daybreak. It was not such a heavy body··· and at night I love to listen to the stars. It is like five hundred million little bells···

But there is one extraordinary thing··· when I drew the muzzle for the little prince, I forgot to add the leather strap to it. He will never have been able to fasten it on his sheep. So now I keep wondering: what is happening on his planet? Perhaps the sheep has eaten the flower···

At one time I say to myself: "Surely not! The little prince shuts his flower under her glass globe every night, and he watches over his sheep very carefully··· " Then I am happy. And there is sweetness in the laughter of all the stars.

27

그로부터 벌써 육 년이 흘렀다. 나는 이 이야기를 아직 한 번도 하지 않았다. 다시 나를 만난 동료들은 내가 살아 돌아온 것에 매우 기뻐했다. 나는 슬펐지만 그들에게는 이렇게만 말했다. "좀 피곤해."

지금은 그 슬픔이 조금 가시기는 했다. 그러니까 완전히 가신 것은 아니다. 그러나 나는 어린 왕자가 자기 별로 돌아갔다는 사실을 안다. 동틀 녘에 그의 몸을 찾을 수 없었으니까. 그렇게 무거운 몸도 아니었는데…. 나는 밤이면 별들에게 귀를 기울이기를 좋아한다. 별들이 오억 개의 작은 종과 같아서이다.

그런데 심상치 않은 게 하나 있다. 내가 어린 왕자를 위해 부리망을 그릴 때 가죽 끈을 달아 주는 것을 그만 깜박 잊었다. 어린 왕자는 끝내 양에게 부리망을 씌우지 못할 것이다. 그래서 나는 지금도 궁금하다. '그의 별에서 무슨 일이 일어나고 있을까? 어쩌면 양이 그 꽃을 먹어 버렸을지도 모르는데….'

때로는 이런 생각이 든다. '설마 아닐 거야! 어린 왕자가 매일 밤 꽃을 둥근 유리 덮개로 덮어 주고, 양을 잘 지켜볼 거야.' 그러면 나는 행복해진다. 그리고 별들이 사랑스럽게 웃는다.

But at another time I say to myself: "At some moment or other one is absent-minded, and that is enough! On some one evening he forgot the glass globe, or the sheep got out, without making any noise, in the night⋯" And then the little bells are changed to tears⋯

Here, then, is a great mystery. For you who also love the little prince, and for me, nothing in the universe can be the same if somewhere, we do not know where, a sheep that we never saw has--yes or no?--eaten a rose⋯

Look up at the sky. Ask yourselves: is it yes or no? Has the sheep eaten the flower? And you will see how everything changes⋯

And no grown-up will ever understand that this is a matter of so much importance!

그러나 또 때로는 이런 생각이 들기도 한다. '어쩌다가 깜박 잊으면, 그것으로 끝인데... 어느 저녁 유리 덮개 씌우는 것을 잊거나 한밤중에 양이 소리도 없이 나온다면….' 그러면 작은 종들은 전부 눈물방울로 변한다.

그러니까 이건 엄청난 수수께끼다. 어린 왕자를 사랑하는 여러분이나 내게는, 우리가 모르는 어딘가에서 양 한 마리가 장미꽃 한 송이를 먹었느냐 안 먹었느냐에 따리 온 우주가 달라지니 말이다.

하늘을 바라보라. 스스로 물어보라. 양이 꽃을 먹었을까 먹지 않았을까? 모든 게 얼마나 달라지는지 알 수 있을 것이다.

그러나 어른들은 아무도 그게 그렇게 중요한 문제인지 결코 이해하지 못할 것이다!

This is, to me, the loveliest and saddest landscape in the world. It is the same as that on the preceding page, but I have drawn it again to impress it on your memory. It is here that the little prince appeared on Earth, and disappeared.

Look at it carefully so that you will be sure to recognize it in case you travel some day to the African desert. And, if you should come upon this spot, please do not hurry on. Wait for a time, exactly under the star. Then, if a little man appears who laughs, who has golden hair and who refuses to answer questions, you will know who he is. If this should happen, please comfort me. Send me word that he has come back.

이건 내게 세상에서 가장 아름다우면서도 가장 슬픈 풍경이다. 앞 페이지 그림과 같은 풍경이지만 여러분의 인상에 깊이 남도록 다시 그렸다. 바로 이곳에서 어린 왕자가 지상에 나타났다가 사라졌다.

언제고 여러분이 아프리카 사막을 여행하게 되면 분명히 알아볼 수 있게 유심히 봐 두라. 그래서 이곳에 이르면, 부탁이니 제발 서두르지 마라. 그 별 아래서 잠시 기다려 보라. 그때 어떤 아이가 다가온다면, 그 아이가 웃는다면, 머리칼이 금빛이며 묻는 말에 대답하지 않는다면, 여러분은 그 아이가 누구인지 알 수 있을 것이다. 만일 그런 일이 생기면 날 위로해 주길 부탁한다. 그가 돌아왔다고 편지해 주기를….

| 작가와 작품 소개 |

앙투안 드 생텍쥐페리 (Antoine De Saint-Exupéry)

1900년 프랑스 리옹에서 출생한 프랑스의 유명한 소설가. 공군에서 비행기 조종사, 항공사에서 항공우편 업무 등 여러 직업을 전전했다. 제2차 세계대전이 일어나자 다시 종군했다가 1944년 7월 코르시카 해상에서 정찰 비행하던 중 행방불명되었다.

조종사로 일하면서 틈틈이 글을 써 발표했는데, 특히 죽음의 위기에 직면해서 위험을 극복하려는 조종사들의 의지, 인간의 존엄성을 보여 주는 용기, 삶에 대한 깊은 통찰력을 담은 《야간 비행》으로 페미나 문학상을 받으며 작가로서 인정을 받고 크게 성공한다. 또한 조종사로 일하면서 겪은 기적적인 이야기를 담은 《인간의 대지》로 아카데미 프랑세즈 소설 부분 대상과 미국의 내셔널 북 어워드를 수상한다.

이 작품 《어린 왕자》는 저자가 미국에서 망명 중이던 1943년, 뉴욕에서 영어판과 프랑스어판으로 동시 출간되었는데, 현재 301개 언어로 번역되어 전 세계적으로 많은 독자들의 사랑을 받는 베스트셀러이자 스테디셀러이다. 다른 별에서 온 어린 왕자라는 순수한 영혼을 통해 가장 중요한 것은 마음으로 보아야 한다, 길들인 것에 대해 책임을 져야 한다는 내용을 제시하며 순수한 우정과 인간애를 그렸다. 더 나아가 삶의 가치와 의미, 진실을 생각하게 하고, 작가가 직접 그린 삽화들로 시정 (詩情)과 아름다움을 더해 준다.

저자의 작품으로는 이 외에도 《남방 우편기》《전시 조종사》 《성채》 등이 있다.

도서출판 은혜의강의 책들

예수 그리스도의 생애 찰스 디킨스 지음
46판, 136쪽 | 12,000원
안데르센 동화 선집 한스 크리스티안 안데르센
46판, 178쪽 | 12,800원
아름다운 인생 동화 한스 크리스티안안데르센, 오스카 와일드, 톨스토이
46판, 124쪽 | 10,800원

사랑이 있는 곳에 하나님이 계신다(영한대역) 레프 톨스토이 지음
A5, 72쪽 | 8,500원
영한 대역 어린 왕자 생텍쥐페리 지음
46판, 198쪽 | 12,800원
영어로 읽는 행복한 왕자 오스카 와일드 지음
A5, 72쪽 | 10,000원
영어로 읽는 주 예수의 생애 찰스 디킨스 지음
46판, 180쪽 | 14,800원

영어로 읽는 어린 왕자 생텍쥐페리 지음

A5, 컬러, 202쪽 | 16,800원

3개 국어로 읽는 어린 왕자 생텍쥐페리 지음

A5, 274쪽 | 18,000원

행복을 위한 성경 암송 습관(큰글씨) 다니엘 번역팀 엮음

A5, 112쪽 | 14,000원

행복을 위한 성경 암송 습관 다니엘 번역팀 엮음

46판, 112쪽 | 12,000원

영어 성경 암송 습관 다니엘 번역팀 엮음

46판, 220쪽 | 15,000원

프랑스어 성경 암송 습관 다니엘 번역팀 엮음

46판, 220쪽 | 15,000원

영어 성경 읽기, 요한서신 다니엘 번역팀 엮음

A5, 66쪽 | 10,000원

영한대역 어린 왕자

발 행 | 2020년 12월 31일

지 음 | 생텍쥐페리

옮 김 | 다니엘 번역팀

펴낸이 | 박선주

펴낸곳 | 도서출판 은혜의강

출판등록 | 2020.06.17.(제399-2020-000029호)

주 소 | 경기도 남양주시 오남읍 양지로240번길 38

전자우편 | monamiesunju@naver.com

블로그 | https://blog.naver.com/monamiesunju

ISBN | 979-11-91137-17-0